U0055716

周作人作品精選 4

雨天的書

經典新版

周作人

周作人——著

總序

文學星座中，璀璨不亞於魯迅的周作人

朱墨菲

每個時代都會有特別具有代表性、令人們特別懷想的人物，在新文學領域，周作人無疑就是其中一個。身為大文豪魯迅之弟，兩兄弟在文壇可說是各領風騷，各自綻放著不同的光芒。

作為五四新文化運動的一員，周作人在中國文學上的影響力絕對具有舉足輕重的地位，時值新舊文化交替之際，面對西方思潮的來襲，多數讀書人或抱殘守缺，或媚外崇洋，在劇烈的文化衝擊中，許多受過西方教育的學子如胡適、錢玄同、蔡元培、林語堂等，紛紛投入這股新文化浪潮中。

周作人脫穎而出，被譽為是「五四」以降最負盛名的散文及文學翻譯家，他以「對性靈的表達乃為言志」的理念，創造了獨樹一格的寫作風格，充滿靈性，看似平凡卻處處透著玄妙的人生韻味，清新的文風立即風靡一時，更迅速形成一大流派「言志派」，在中國文學史上留下了不可抹滅的一筆。郁達夫曾說：「中國現代散文的成績，以魯迅、周作人兩人的為最豐富最偉大，我平時的偏嗜，亦以此二人的散文為最所溺愛。一經開選，如竊賊入了阿拉伯的寶庫，東張西望，簡直迷了我取去的判斷。」陳之藩是散文大師，他特地強調胡適晚年不止一次跟他說：「到現在值得一看的，只有周作人的東西了。」可見周作人散文之優美意境。

處在動盪年代的周作人，亦可說是時代的見證人，年少時赴日求學，精通日語，讓他對日本文化有深刻的觀察，而後又親身經歷了中國近代史上諸多重要歷史事件，如鑑湖女俠秋瑾、徐錫麟等的革命活動、辛亥革命、張勳復辟等，他一生的形跡記錄即是重要史料，從他的《知堂回想錄》書中即可探知一二。而他晚年撰寫的《魯迅的故家》、《魯迅的青年時代》等回憶文章，更為研究魯迅的讀者提供了許多寶貴的第一手資料。

對世人來說，周作人也許不是個討喜的人，因為他從來都不是隨俗附和的人，他只說自己想說的話，一生奉行的就是孔子所強調的「知之為知之，不知為不知，是知也」的理念，這使他的文章中充滿了濃濃的自由主義，並形成他日後以「人的文學」為概念，跳脫傳統窠臼，更自號「知堂」之故。在《知堂回想錄》的後序中，周作人自陳：「我是一個庸人，就是極普通的中國人，並不是什麼文人學士，只因偶然的關係，活得長了，見聞也就多了些，譬如一個旅人，走了許多路程，經歷可以談談，有人說『講你的故事罷』，也就講些，也都是平凡的事情和道理。」

也許，在諸多文豪的光環下，在世人傳說的紛擾下，他的文學地位一度有明珠蒙塵之虞，本社因而在他去世五十年之際，特將他的文集重新整理出版，包括他最知名的回憶錄《知堂回想錄》以及散文集《自己的園地》、《雨天的書》、《談龍集》、《談虎集》、《看雲集》、《苦茶隨筆》等，使讀者從他的著作中可以更加了解一代文學巨匠的內心世界，品味他的文字之美。

雨天的書

目錄——

第二卷　初戀

第三卷　十字街頭

雨天的書

目錄——

第四卷 人情之美

第五卷　上下古今

自序一

今年冬天特別的多雨，因為是冬天了，究竟不好意思傾盆的下，只是蜘蛛絲似的一縷縷的灑下來。雨雖然細得望去都看不見，天色卻非常陰沉，使人十分氣悶。

在這樣的時候，常引起一種空想，覺得如在江村小屋裡，靠玻璃窗，烘著白炭火缽，喝清茶，同友人談閒話，那是頗愉快的事。

不過這些空想當然沒有實現的希望，再看天色，也就愈覺得陰沉。想要做點正經的工作，心思散漫，好像是出了氣的燒酒，一點味道都沒有，只好隨便寫一兩行，並無別的意思，聊以對付這雨天的氣悶光陰罷了。

冬雨是不常有的，日後不晴也將變成雪霰了。但是在晴雪明朗的時候，人們的心裡也會有雨天，而且陰沉的期間或者更長久些，因此我這雨天的隨筆也就常有續寫的機會了。

一九二三年十一月五日，在北京。

（一九二三年十一月十日刊《晨報副鐫》，署名槐壽）

自序二

前年冬天《自己的園地》出版以後，起手寫「雨天的書」，在半年裡只寫了六篇，隨即中止了，但這個題目我很歡喜，現在仍舊拿了來作這本小書的名字。這集子裡共有五十篇小文，十分之八是近兩年來的文字，《初戀》等五篇則是從《自己的園地》中選出來的。這些大都是雜感隨筆之類，不是什麼批評或論文。據說天下之人近來已看厭這種小品文了，但我不會寫長篇大文，這也是無法。

我的意思本來只想說我自己要說的話，這些話沒有趣味，說又說得不好，不長，原是我自己的缺點，雖然缺點也就是一種特色。這種東西發表出去，厭看的人自然不看，沒有什麼別的麻煩，不過出版的書店要略受點損失罷了，或者，我希望，這也不至於很大吧。

我編校這本小書畢，仔細思量一回，不禁有點驚詫，因為意外地發見了兩件事。一，我原來乃是道德家，雖然我竭力想擺脫一切的家數，如什麼文學家批評家，更不必說道學家。我平素最討厭的是道學家（或照新式稱為法利賽人），豈知這正因為自己是一個道德家的緣故；我想破壞他們的偽道德不道德的道德，其實卻同時非意識地想建設起自己所信的新的道德來。

我看自己一篇篇的文章，裡邊都含著道德的色彩與光芒，雖然外面是說著流氓似的土匪似的話。我很反對偽道德的文學，但自己總做不出一篇偽文章的文章，結果只編集了幾卷說教集，這是何等滑稽的矛盾。也罷，我反正不想進文苑傳（自然也不想進儒林傳），這些可以不必管他，還是「從吾所好」，一徑這樣走下去吧。

二，我的浙東人的氣質終於沒有脫去。我們一族住在紹興只有十四世，其先不知是那裡人，雖然普通稱是湖南道州，再上去自然是魯國了。這四百年間越中風土的影響大約很深，成就了我的不可拔除的浙東性，這就是世人所通稱的「師爺氣」。

本來師爺與錢店官同是紹興出產的壞東西，民國以來已逐漸減少，但是他那法家的苛刻的態度，並不限於職業，卻瀰漫及於鄉間，彷彿成為一種潮流，清朝的章實齋李越縵即是這派的代表，他們都有一種喜罵人的脾氣。

我從小知道「病從口入禍從口出」的古訓，後來又想溷跡於紳士淑女之林，更努力學為周慎，無如舊性難移，燕尾之服終不能掩羊腳，檢閱舊作，滿口柴胡，殊少敦厚溫和之氣。

嗚呼，我其終為「師爺派」矣乎？雖然，此亦屬沒有法子，我不必因自以為是越人而故意如此，亦不必因其為學士大夫所不喜而故意不如此；我有志為京兆人，而自然乃不容我不為浙人，則我亦隨便而已耳。

我近來作文極慕平淡自然的景地，但是看古代或外國文學才有此種作品，自己還夢想不到有能做的一天，因為這有氣質境地與年齡的關係，不可勉強，像我這樣褊急的脾氣的人，生在中國這個時代，實在難望能夠從容鎮靜地做出平和沖淡的文章來。我只希望，祈禱，我的心境不要再粗糙下去，荒蕪下去，這就是我的大願望。

我查看最近三四個月的文章，多是照例罵那些道學家的，但是事既無聊，人亦無聊，文章也就無聊了，便是這樣的一本集子裡也不值得收入。

我的心真是已經太荒蕪了。田園詩的境界是我以前偶然的避難所，但這個我近來也有點疏遠了。以後要怎樣才好，還須得思索過，——只可惜現在中國連思索的餘暇都還沒有。

十四年十一月十三日，病中倚枕書。

英國十八世紀有約翰妥瑪斯密（John Thomas Smith）著有一本書，也可以譯作《雨天的書》（Book for a Rainy Day），但他是說雨天看的書，與我的意思不同。這本書我沒有見過，只在講詩人勃萊克（William Blake）的書裡看到一節引用的話，因為他是勃萊克的一個好朋友。

十五日又記。

第一卷　苦雨

苦雨

伏園①兄：

北京近日多雨，你在長安道上不知也遇到否，想必能增你旅行的許多佳趣。雨中旅行不一定是很愉快的，我以前在杭滬車上時常遇雨，每感困難，所以我於火車的雨不能感到什麼興味，但臥在烏篷船裡，靜聽打篷的雨聲，加上欸乃的櫓聲以及「靠塘來，靠下去」的呼聲，卻是一種夢似的詩境。倘若更大膽一點，仰臥在腳划小船內，冒雨夜行，更顯出水鄉住民的風趣，雖然較為危險，一不小心，拙劣地轉一個身，便要使船底朝天。二十多年前往東浦吊先父的保姆之喪，歸途遇暴風雨，一葉扁舟在白鵝似的波浪中間滾過大樹港，危險極也愉快極了。

我大約還有好些「為魚」時候——至少也是斷髮文身時候的脾氣，對於水頗感到親近，不過北京的泥塘似的許多「海」實在不很滿意，這樣的水沒有也並不怎麼可惜。你往「陝半天」去似乎要走好兩天的準沙漠路，在那時候倘若遇見風雨，大約是很舒服的，遙想你胡坐騾車中，在大漠之上，大雨之下，喝著四打之內的汽水，悠然進行，可以算是「不亦快哉」之一。

但這只是我的空想，如詩人的理想一樣地靠不住，或者你在騾車中遇雨，很感困難，正在叫苦連天也未可知，這須等你回京後問你再說了。

我住在北京，遇見這幾天的雨，卻叫我十分難過。北京向來少雨，所以不但雨具不很完全，便是家屋構造，於防雨亦欠周密。除了真正富翁以外，很少用實垛磚牆，大抵只用泥牆抹灰敷衍了事。

近來天氣轉變，南方酷寒而北方淫雨，因此兩方面的建築上都露出缺陷。一星期前的雨把後園的西牆淋坍，第二天就有「梁上君子」來摸索北房的鐵絲窗，從次日起趕緊邀了七八位匠人，費兩天工夫，從頭改築，已經成功十分八九，總算可以高枕而臥，前夜的雨卻又將門口的南牆沖倒二三丈之譜。

這回受驚的可不是我了，乃是川島君②「渠們」倆，因為「梁上君子」如再見光顧，一定是去躲在「渠們」的窗下竊聽的了。為消除「渠們」的不安起來，一等天氣晴正，急須大舉地修築，希望日子不至於很久，這幾天只好暫時拜託川島君的老弟費神代為警護罷了。

前天十足下了一夜的雨，使我夜裡不知醒了幾遍。北京除了偶然有人高興放幾個爆仗以外，夜裡總還安靜，那樣嘩喇嘩喇的雨聲在我的耳朵已經不很聽慣，所以時常被它驚醒，就是睡著也彷彿覺得耳邊黏著麵條似的東西，睡的很不痛快。

還有一層，前天晚間據小孩們報告，前面院子裡的積水已經離臺階不及一寸，夜裡聽著雨聲，心裡糊裡糊塗地總是想水已上了臺階，浸入西邊的書房裡了。好容易到了早上五點鐘，赤腳撐傘，跑到西屋一看，果然不出所料，水浸滿了全屋，約有一寸深淺，這才嘆了一口氣，覺得放心了；倘若這樣興高采烈地跑去，一看卻沒有水，恐怕那時反覺得失望，沒有現在那樣的滿足也說不定。

幸而書籍都沒有濕，雖然是沒有什麼價值的東西，但是濕成一餅一餅的紙糕，也很是不愉快。現今水雖已退，還留下一種漲過大水後的普通的臭味，固然不能留客坐談，就是自己也不能在那裡寫字，所以這封信是在裡邊炕桌上寫的。

這回的大雨，只有兩種人最是喜歡。第一是小孩們。他們喜歡水，卻極不容易得到，現在看見院子裡成了河，便成群結隊地去「淌河」去。赤了足伸到水裡去，實在很有點冷，但他們不怕，下到水裡還不肯上來。大人見小孩們玩的有趣，也一個兩個地加入，但是成績卻不甚佳，那一天裡滑倒了三個人，其中兩個都是大人，——其一為我的兄弟③，其一是川島君。第二種喜歡下雨的則為蝦蟆。

從前同小孩們往高亮橋去釣魚釣不著，只捉了好些蝦蟆，有綠的，有花條的，拿回來都放在院子裡，平常偶叫幾聲，在這幾天裡便整日叫喚，或者是荒年之兆，卻極有田村的風味。

有許多耳朵皮嫩的人，很惡喧囂，如麻雀蝦蟆或蟬的叫聲，凡足以妨礙他們的甜睡者，無一不痛惡而深絕之，大有欲滅此而午睡之意，我覺得大可以不必如此，隨便聽聽都是很有趣味的，不但是這些久成詩料的東西，一切鳴聲其實都可以聽。

蝦蟆在水田裡群叫，深夜靜聽，往往變成一種金屬音，很是特別，又有時彷彿是狗叫，古人常稱蛙蛤為吠，大約也是從實驗而來。

我們院子裡的蝦蟆現在只見花條的一種，牠的叫聲更不漂亮，只是格格格這個叫法，可以說是革音，平常自一聲至三聲，不會更多，唯在下雨的早晨，聽牠一口氣叫上十二三聲，可見牠是實在喜歡極了。

這一場大雨恐怕在鄉下的窮朋友是很大的一個不幸，但是我不曾親見，單靠想像是不中用的，所以我不去虛偽地代為悲嘆了。倘若有人說這所記的只是個人的事情，於人生無益，我也承認，我本來只想說個人的私事，此外別無意思。今天太陽已經出來，傍晚可以出外去遊嬉，這封信也就不再寫下去了。

我本等著看你的秦遊記，現在卻由我先寫給你看，這也可以算是「意表之外」的事罷。

十三年七月十七日在京城書。

注釋

①伏園，即孫伏園（一八九四—一九六六），字養泉，筆名柏生。浙江紹興人，周作人在浙江省立第一中學任教時的學生，也是魯迅任山會初級師範學堂監督時

的學生。後考入北京大學國文系。參加新潮社、語絲社，擔任《國民公報》副刊、《晨報副刊》、《京報副刊》編輯，與周作人、魯迅來往均很密切。

②川島，即章廷謙（一九〇一—一九八一），字矛塵，「川島」是他的筆名。一九二一年開始與周作人、魯迅交往。《語絲》週刊創辦時，他是發起人和長期撰稿人之一。

③我的兄弟，即周建人（一八八九—一九八四），原名松壽，改名建人。字喬峰，生物學家，著有《進化與退化》、《科學雜談》、《魯迅故家的敗落》等書，晚年寫有《魯迅和周作人》。

鳥聲

古人有言「以鳥鳴春」，現在已過了春分，正是鳥聲的時節了，但我覺得不大能夠聽到，雖然京城的西北隅已經近於鄉村。

這所謂鳥當然是指那飛鳴自在的東西，不必說雞鳴咿咿鴨鳴呷呷的家奴，便是熟番似的鴿子之類也算不得數，因為他們都是忘記了四時八節的了。我所聽見的鳥鳴只有簷頭麻雀的啾啁，以及槐樹上每天早來的啄木的乾笑，——這似乎都不能報春，麻雀的太瑣碎了，而啄木又不免多一點乾枯的氣味。

英國詩人那許（Nash）有一首詩，被錄在所謂「名詩選」（Golden Treasury）的卷首。他說，春天來了，百花開放，姑娘們跳舞著，天氣溫和，好鳥都歌唱起來，他列舉四樣鳥聲：

Cuckoo，jug-jug，pu-we，to-witta-woo！

這九行的詩實在有趣，我卻總不敢譯，因為怕一則譯不好，二則要譯錯。現在只抄出一行來，看那四樣是什麼鳥。

第一種是勃姑，書名鳲鳩，他是自呼其名的，可以無疑了。

第二種是夜鶯，就是那林間的「發癡的鳥」，古希臘女詩人稱之曰「春之使者，美音的夜鶯」，他的名貴可想而知，只是我不知道他到底是什麼東西。我們鄉間的黃鶯也會「翻叫」，被捕後常因想念妻子而急死，與他西方的表兄弟相同，但他要吃小鳥，而且又不發癡地唱上一夜以至於嘔血。

第四種雖似異怪乃是貓頭鷹。

第三種則不大明瞭，有人說是蚊母鳥，或云是田鳧，但據斯密士的《鳥的生活與故事》第一章所說係小貓頭鷹。倘若是真的，那麼四種好鳥之中貓頭鷹一家已占其二了。

斯密士說這二者都是褐色貓頭鷹，與別的怪聲怪相的不同，他的書中雖有圖像，我也認不得這是鴟是鴞還是流離之子，不過總是貓頭鷹之類罷了。

兒時曾聽見他們的呼聲，有的聲如貨郎的搖鼓，有的恍若連呼「掘窪」（dzhuehuoang），俗云不祥主有死喪，所以聞者多極懊惱，大約此風古已有之，查檢觀頮道人的《小演雅》，所錄古今禽言中不見有貓頭鷹的話。然而仔細回想，覺得那些叫聲實在並不錯，比任何風聲簫聲鳥聲更為有趣，如詩人謝勒（Shelley）所說。

現在，就北京來說，這幾樣鳴聲都沒有，所有的還只是麻雀和啄木鳥。老鴰，鄉間稱云烏老鴉，在北京是每天可以聽到的，但是一點風雅氣也沒有，而且是通年噪聒，不知道他是哪一季的鳥。麻雀和啄木鳥雖然唱不出好的歌來，在那瑣碎和乾枯之中到底還含一些春氣；唉唉，聽那不討人歡喜的烏老鴉叫也已夠了，且讓我們歡迎這些鳴春的小鳥，傾聽他們的談笑罷。

「啾哳，啾哳！」

「嘎嘎！」

（十四年四月）

日記與尺牘

日記與尺牘是文學中特別有趣味的東西，因為比別的文章更鮮明的表出作者的個性。詩文小說戲曲都是做給第三者看的，所以藝術雖然更加精煉，也就多有一點做作的痕跡。

信札只是寫給第二個人，日記則給自己看的（寫了日記預備將來石印出書的算作例外），自然是更真實更天然的了。我自己作文覺得都有點做作，因此反動地喜看別人的日記尺牘，感到許多愉快。

我不能寫日記，更不善寫信，自己的真相彷彿在心中隱約覺到，但要寫他下來，即使想定是私密的文字，總不免還有做作，——這並非故意如此，實在是修養不足的緣故，然而因此也愈覺得別人的日記尺牘之佳妙，可喜亦可貴了。

中國尺牘向來好的很多，文章與風趣多能兼具，但最佳者還應能顯出主人的性格。《全晉文》中錄王羲之雜帖，有這兩章：

「吾頃無一日佳，衰老之弊日至，夏不得有所啖，而猶有勞務，甚劣劣。」

「不審復何似？永日多少看未？九日當採菊不？至日欲共行也，但不知當晴不耳？」

我覺得這要比「奉橘三百顆」還有意思。日本詩人芭蕉（Bashō）有這樣一封向他的門人借錢的信，在寥寥數語中畫出一個飄逸的俳人來。

「欲往芳野行腳，希惠借銀五錢。此係勒借，容當奉還。唯老夫之事，亦殊難說耳。

去來君　　芭蕉。」

日記又是一種考證的資料。近閱汪輝祖的《病榻夢痕錄》上卷，乾隆二十年（一七五五）項下有這幾句話：

「紹興秋收大歉。次年春夏之交，米價斗三百錢，丐殍載道。」

同五十九年（一七九四）項下又云：

「夏間米一斗錢三百三四十文。往時米價至一百五六十文，即有餓殍，今米常貴而人尚樂生，蓋往年專貴在米，今則魚蝦蔬果無一不貴，故小販村農俱可糊口。」

這都是經濟史的好材料，同時也可以看出他精明的性分。日本俳人一茶（Issa）的日記一部分流行於世，最新發見刊行的為《一茶旅日記》，文化元年（一八〇四）十二月中有記事云：

「二十七日陰，買鍋。

二十九日雨，買醬。」

十幾個字裡貧窮之狀表現無遺。

同年五月項下云，「七日晴，投水男女二人浮出吾妻橋下。」

此外還多同類的記事，年月從略：

「九日晴，南風。妓女花井火刑。」

「二十四日晴。夜，庵前板橋被人竊去。

二十五日雨。所餘板橋被竊。」

這些不成章節的文句卻含著不少的暗示的力量，我們讀了恍忽想見作者的人物及背景，其效力或過於所作的俳句。

我喜歡一茶的文集《俺的春天》，但也愛他的日記，雖然除了吟詠以外只是一行半行的紀事，我卻覺得他盡有文藝的趣味。

在外國文人的日記尺牘中有一兩節關於中國人的文章，也很有意思，抄錄於下，博讀者之一粲。倘若讀者不笑而發怒，那是介紹者的不好，我願意賠不是，只請不要見怪原作者就好了。

夏目漱石日記，明治四十二年（一九〇九）

「七月三日

晨六時地震。夜有支那人來，站在柵門前說把這個開了。問是誰，來幹什麼，答說我你家裡的事都聽見，姑娘八位，使女三位，三塊錢。完全像個瘋子。說你走罷也仍不回去，說還不走要交給警察了，答說我是欽差，隨出去了。是個荒謬的東西。」

以上據《漱石全集》第十一卷譯出，後面是從英譯《契訶夫書簡集》中抄譯的一封信。

契訶夫與妹書

「一八九〇年六月二十九日，在木拉伏夫輪船上。

我的艙裡流星紛飛，——這是有光的甲蟲，好像是電氣的火光。白晝裡野羊游泳過黑龍江。這裡的蒼蠅很大。我和一個契丹人同艙，名叫宋路理，他屢次告訴我，在契丹為了一點小事就要『頭落地』。昨夜他吸鴉片煙醉了，睡夢中只是講話，使我不能睡覺。二十七日我在契丹愛琿城近地一走。我似乎漸漸的走進一個怪異的世界裡去了。輪船播動，不好寫字。

明天我將到伯力了。那契丹人現在起首吟他扇上所寫的詩了。」

（十四年三月）

死之默想

四世紀時希臘厭世詩人巴拉達思作有一首小詩道：

（Polla laleis，anthrōpe．——Palladas）

「你太饒舌了，人呵，不久將睡在地下；

住口罷，你生存時且思索那死。」

這是很有意思的話。

關於死的問題，我無事時也曾默想過（但不坐在樹下，大抵是在車上），可是想不出什麼來，——這或者因為我是個「樂天的詩人」的緣故吧。但其實我何嘗一定崇拜死，有如曹慕管君，不過我不很能夠感到死之神秘，所以不覺得有思索十日十夜之必要，於形而上的方面也就不能有所饒舌了。

竊察世人怕死的原因，自有種種不同，「以愚觀之」可以定為三項，其一是怕死時的苦痛，其二是捨不得人世的快樂，其三是顧慮家族。苦痛比死還可怕，這是實在的事情。十多年前有一個遠房的伯母，十分困苦，在十二月底想投河尋死（我們鄉間的河是經冬不凍的），但是投了下去，她隨即走了上來，說是因為水太冷了。

有些人要笑她癡也未可知，但這卻是真實的人情。倘若有人能夠切實保證，誠如某生物學家所說，被猛獸咬死癢蘇蘇地狠是愉快，我想一定有許多人裹糧入山去投身飼餓虎的了。可惜這一層不能擔保，有些對於別項已無留戀的人因此也就不得不稍為躊躇了。

顧慮家族，大約是怕死的原因中之較小者，因為這還有救治的方法。將來如有一日，社會制度稍加改良，除施行善種的節制以外，大家不問老幼可以各盡所能，各取所需，凡平常衣食住，醫藥教育，均由公給，此上更好的享受再由個人自己的努力去取得，那麼這種顧慮就可以不要，便是夜夢也一定平安得多了。

不過我所說的原是空想，實現還不知在幾十百千年之後，而且到底未必實現也說不定，那麼也終是遠水不救近火，沒有什麼用處。比較確實的辦法還是設法發財，也可以救濟這個憂慮。為得安閒的死而求發財，倒是狠高雅的俗事；只是發財大不容易，不是我們都能做的事，況且天下之富人有了錢便反死不去，則此亦頗有危險也。

人世的快樂自然是狠可貪戀的，但這似乎只在青年男女才深切的感到，像我們將近「不惑」的人，嘗過了凡人的苦樂，此外別無想做皇帝的野心，也就不覺得還有捨不得的快樂。我現在的快樂只想在閒時喝一杯清茶，看點新書（雖然近來因為政府替我們儲蓄，手頭只有買茶的錢），無論他是講蟲鳥的歌唱，或是記賢哲的思想，古今的刻繪，都足以使我感到人生的欣幸。

然而朋友來談天的時候，也就放下書卷，何況「無私神女」（Atropos）的命令呢？我們看路上許多乞丐，都已沒有生人樂趣，卻是苦苦的要活著，可見快樂未必是怕死的重大原因：或者捨不得人世的苦辛也足以叫人留戀這個塵世罷。講到他們，實在已是了無牽掛，大可「來去自由」，實際卻不能如此，倘若不是為了上邊所說的原因，一定是因為怕河水比徹骨的北風更冷的緣故了？

對於「不死」的問題，又有什麼意見呢？因為少年時當過五六年的水兵，頭腦中多少受了唯物論的影響，總覺得造不起「不死」這個觀念來，雖然我狠喜歡聽荒唐的神話。即使照神話故事所講，那種長生不老的生活我也一點兒都不喜歡。住在冷冰冰的金門玉階的屋裡，吃著五香牛肉一類的麟肝鳳脯，天天遊手好閒，不在松樹下著棋，便同金童玉女廝混，也不見得有什麼趣味，況且永遠如此，更是單調而且困倦了。

又聽人說，仙家的時間是與凡人不同的，詩云「山中方七日，世上已千年」，所以爛柯山下的六十年在棋邊只是半個時辰耳，那裡會有日子太長之感呢？但是由我看來，仙人活了二百萬歲也只抵得人間的四十春秋，這樣浪費時間無裨實際的生活，殊不值得費盡了心機去求得他；倘若二百萬年後劫波到來，就此溘然，將被五十歲的凡夫所笑。

較好一點的還是那西方鳳鳥（Phoenix）的辦法，活上五百年，便爾蛻去，化為幼鳳，這樣的輪迴倒很好玩的，——可惜他們是只此一家，別人不能仿作。大約我們還只好在這被容許的時光中，就這平凡的境地中，尋得些須的安閒悅樂，即是無上幸福；至於「死後，如何？」的問題，乃是神秘派詩人的領域，我們平凡人對於成仙做鬼都不關心，於此自然就沒有什麼興趣了。

（十三年十二月）

唁辭

昨日傍晚，妻得到孔德學校的陶先生的電話，只是一句話，說：「齊可死了——。」齊可是那邊的十年級學生，聽說因患膽石症（？）往協和醫院乞治，後來因為待遇不親切，改進德國醫院，於昨日施行手術，遂不復醒。

她既是校中高年級生，又天性豪爽而親切，我家的三個小孩初上學校，都很受她的照管，好像是大姊一樣，這回突然死別，孩子們雖然驚駭，卻還不能瞭解失卻他們老朋友的悲哀，但是妻因為時常往校也和她很熟，昨天聞信後為茫然久之，一夜都睡不著覺，這實在是無怪的。

死總是很可悲的事，特別是青年男女的死，雖然死的悲痛不屬於死者而在於生人。照常識看來，死是還了自然的債，與生產同樣地嚴肅而平凡，我們對於死者所應表示的是一種敬意，猶如我們對於走到標竿下的競走者，無論他是第一著或是中途跌過幾交而最後走到。

在中國現在這樣狀況之下，「死之讚美者」（Peisithanatos）的話未必全無意義，那麼「年華雖短而憂患亦少」也可以說是好事，即使尚未能及未見日光者的幸福。然而在死者縱使真是安樂，在生人總是悲痛。我們哀悼死者，並不一定是在體察他滅亡之苦痛與悲哀，實在多是引動追懷，痛切地發生今昔存歿之感。無論怎樣地相信神滅，或是厭世，這種感傷恐終不易擺脫。

日本詩人小林一茶在《俺的春天》裡記他的女兒聰女之死，有這幾句：

「……她遂於六月二十一日與蕣華同謝此世。母親抱著死兒的臉荷荷的大哭，這也是難怪的了。到了此刻，雖然明知逝水不歸，落花不再返枝，但無論怎樣達觀，終於難以斷念的，正是這恩愛的羈絆。（詩曰）：

露水的世呀，

雖然是露水的世，
雖然是如此。」

雖然是露水的世，然而自有露水的世的回憶，所以仍多哀感。美忒林克在《青鳥》上有一句平庸的警句曰「死者生存在活人的記憶上」。

齊女士在世十九年，在家庭學校，親族友朋之間，當然留下許多不可磨滅的印象，隨在足以引起悲哀，我們體念這些人的心情，實在不勝同情，雖然別無勸慰的話可說。死本是無善惡的，但是它加害於生人者卻非淺鮮，也就不能不說它是惡的了。

我不知道人有沒有靈魂，而且恐怕以後也永不會知道，但我對於希冀死後生活之心情覺得很能瞭解。人在死後倘尚有靈魂的存在如生前一般，雖然推想起來也不免有些困難不易解決，但因此不特可以消除滅亡之恐怖，即所謂恩愛的羈絆也可得到適當的安慰。人有什麼不能滿足的願望，輒無意地投影於儀式或神話之上，正如表示在夢中一樣。

傳說上李夫人楊貴妃的故事，民俗上童男女死後被召為天帝侍者的信仰，都是無聊之極思，卻也是真的人情之美的表現；我們知道這是迷信，我確信這樣虛幻的迷信裡也自有美與善的分子存在。這於死者的家人親友是怎樣好的一種慰藉，倘若他們相信——只要能夠相信，百歲之後，或者乃至夢中夜裡，仍得與已死的親愛者相聚，相見！

然而，可惜我們不相應地受到了科學的灌洗，既失卻先人可祝福的愚蒙，又沒有養成畫廊派哲人（Stoics）的超絕的堅忍，其結果是恰如牙根裡露出的神經，因了冷風熱氣隨時益增其痛楚。對於幻滅的現代人之遭逢不幸，我們於此更不得不特別表示同情之意。

我們小女兒若子生病的時候，齊女士很惦念她；現在若子已經好起來，還沒有到學校去和老朋友一見面，她自己卻已不見了。日後若子回憶起來時，也當永遠是一件遺恨的事罷。

十四年五月二十六日夜。

若子的病

《北京孔德學校旬刊》第二期於四月十一日出版，載有兩篇兒童作品，其中之一是我的小女兒寫的。

晚上的月亮　周若子

晚上的月亮，很大又很明。我的兩個弟弟說：「我們把月亮請下來，叫月亮抱我們到天上去玩。月亮給我們東西，我們很高興。我們拿到家裡給母親吃，母親也一定高興。」

但是這張旬刊從郵局寄到的時候，若子已正在垂死狀態了。她的母親望著攤在席上的報紙又看昏沉的病人，再也沒有什麼話可說，只叫我好好地收藏起來，——做一個將來決不再寓目的紀念品。

我讀了這篇小文，不禁忽然想起六歲時死亡的四弟椿壽，他於得急性肺炎的前兩三天，也是固執地向著傭婦追問天上的情形，我自己知道這都是迷信，卻不能禁止我脊梁上不發生冰冷的奇感。

十一日的夜中，她就發起熱來，繼之以大吐，恰巧小兒用的攝氏體溫表給小波波（我的兄弟的小孩）摔破了，土步君正出著第二次種的牛痘，把華氏的一具拿去應用，我們房裡沒有體溫表了，所以不能測量熱度，到了黎明從間壁房中拿表來一量，乃是四十度三分！八時左右起了痙攣，妻抱住了她，只喊說，「阿玉驚了，阿玉驚了！」

弟婦（即是妻的三妹）走到外邊叫內弟起來，說「阿玉死了！」他驚起不覺墜落床下。這時候醫生已到來了，診察的結果說疑是「流行性腦脊髓膜炎」，雖然徵候還未全具，總之是腦的故障，危險很大。

十二時又復痙攣，這回腦的方面倒還在其次了，心臟中了黴菌的毒非常衰弱，以致血行不良，皮膚現出黑色，在臂上捺一下，凹下白色的痕好久還不回復。這一日裡，院長山本博士，助手蒲君，看護婦永井君白君，前後都到，山本先生自來四次，永井君留住我家，幫助看病。

第一天在混亂中過去了，次日病人雖不見變壞，可是一晝夜以來，每兩小時一回的樟腦注射毫不見效，心臟還是衰弱，雖然熱度已減至三八至九度之間。這天下午因為病人想吃可哥糖，我趕往哈達門去買，路上時時為不祥的幻想所侵襲，直到回家看見毫無動靜這才略略放心。

第三天是火曜日，勉強往學校去，下午三點半正要上課，聽說家裡有電話來叫，趕緊又告假回來，幸而這回只是夢囈，並未發生什麼變化。夜中十二時山本先生診後，始宣言性命可以無慮。十二日以來，經了兩次的食鹽注射，三十次以上的樟腦注射，身上擁著大小七個的冰囊，在七十二小時之末總算已離開了死之國土，這真是萬幸的事了。

山本先生後來告訴川島君說，那日曜日他以為一定不行的了。大約是第二天，永井君也走到弟婦的房裡躲著下淚，她也覺得這小朋友怕要為了什麼而辭去這個家庭了。但是這病人竟從萬死中逃得一生，不知是那裡來的力量。醫呢，藥呢，她自己或別的不可知之力呢？但我知道，如沒有醫藥及大家的救護，她總是早已不存了。

我若是一種宗派的信徒，我的感謝便有所歸，而且當初的驚怖或者也可減少，但是我不能如此，我對於未知之力有時或感著驚異，卻還沒有致感謝的那麼深密的接觸。我現在所想致感謝者在人而不在自然。我很感謝山本先生與永井君的熱心的幫助，雖然我也還不曾忘記四年前給我醫治肋膜炎的勞苦。川島斐君二君每日殷勤的訪問，也是應該致謝的。

整整地睡了一星期，腦部已經漸好，可以移動，遂於十九日午前搬往醫院，她的母親和「姊姊」陪伴著，因為心臟尚須療治，住在院裡較為便利，省得醫生早晚兩次趕來診察。現在溫度復原，脈搏亦漸恢復，她臥在我曾經住過兩個月的病室的床上，只靠著一個冰枕，胸前放著一個小冰囊，伸出兩隻手來，在那裡唱歌。

妻同我商量，若子的兄姊十歲的時候，都花過十來塊錢，分給用人並吃點東西當作紀念，去年因為籌不出這筆款，所以沒有這樣辦，這回病好之後，須得設法來補做並以祝賀病癒。她聽懂了這會話的意思，便反對說，「這樣辦不好。倘若今年做了十歲，那麼明年豈不還是十一歲麼？」我們聽了不禁破顏一笑。唉，這個小小的情景，我們在一星期前那裡敢夢想到呢？

緊張透了的心一時殊不容易鬆放開來。今日已是若子病後的第十一日，下午因為稍覺頭痛告假在家，在院子裡散步，這才見到白的紫的丁香都已盛開，山桃爛熳得開始憔悴了，東邊路旁愛羅先珂君回俄國前手植作為紀念的一株杏花已經零落淨盡，只剩有好些綠蒂隱藏嫩葉的底下。

春天過去了，在我們徬徨驚恐的幾天裡，北京這好像敷衍人似地短促的春光早已偷偷地走過去了。這或者未免可惜，我們今年竟沒有好好地看一番桃杏花。但是花明年會開的，春天明年也會再來的，不妨等明年再看；我們今年幸而能夠留住了別個一去將不復來的春光，我們也就夠滿足了。

今天我自己居然能夠寫出這篇東西來，可見我的凌亂的頭腦也略略靜定了，這也是一件高興的事。

十四年四月二十二日雨夜。

若子的死

若子字霓蓀，生於中華民國四年十月二十三日午後十時，以民國十八年十一月二十日午前二時死亡，年十五歲。

十六日若子自學校歸，晚嘔吐腹痛，自知是盲腸，而醫生誤診為胃病，次日復診始認為盲腸炎，十八日送往德國醫院割治，已併發腹膜炎，遂以不起。

用手術後痛苦少已，而熱度不減，十九日午後益覺煩躁，至晚忽啼曰「我要死了」，繼以昏囈，注射樟腦油，旋清醒如常，迭呼兄姊弟妹名，悉為招來，唯兄豐一留學東京不得相見，其友人亦有至者，若子一一招呼，唯痛恨醫生不置，常以兩腕力抱母頸低語曰「媽，我不要死。」然而終於死了。吁可傷已。

若子遺體於二十六日移放西直門外廣通寺內，擬於明春在西郊購地安葬。

我自己是早已過了不惑的人，我的妻是世奉禪宗之教者，也當可減少甚深的迷妄，但是睹物思人，人情所難免，況臨終時神志清明，一切言動，歷在心頭，偶一念及，如觸腫瘍，有時深覺不可思議，如此景情，不堪回首，誠不知當時之何以能擔負過去也。

如今才過七日，想執筆記若子的死之前後，乃屬不可能的事，或者竟是永久不可能的事亦未可知；我以前曾寫《若子的病》，今日乃不得不來寫《若子的死》，而這又總寫不出，此篇其終有目無文乎。只記若子生卒年月以為紀念云爾。

十一月二十六日送殯回來之夜，豈明附記。

《雨天的書》初版中所載照相係五年前物，今撤去，改用若子今年所留遺影，此係八月十七日在北平所照，蓋死前三個月也。又記。

體操

我有兩個女孩子，在小學校裡讀書。她們對於別項功課，都還沒有什麼，獨怕的是體操。每天早上她們叫母親或哥哥代看課程表，聽說今天有體操，便說道這真窘極了。我於教育學是個門外漢，不能去下什麼批評，但想起我自己的經驗，不禁對於小孩們發生一種同情。

我沒有進過小學校，因為在本地有小學校建設起來的時候，我早已過了學齡，進不去了。所以我所進的學校，是一種海軍的學校，便是看不起我們的多數的親族所稱為當兵的。

在這個「兵」的生活裡，體操與兵操是每日有的，幸而那時教體操的——

現在海軍部裡做官——L老師人很和氣，所以我們也還沒有什麼不服。我們不會演武技的，只消認定一種啞鈴，聽他發過「滕倍耳」什麼什麼的口令，跟著領頭的「密司忒高」做去便好了。

密司忒高面北獨立，揮舞他特別大而且重的黃銅啞鈴，但是因為重了，他也揮舞的不大起勁，於是我們也就更為隨便，草率了事。

過了幾年，學堂的總辦想要整頓，改請了一位軍人出身的M老師，他自己的武技的確不錯，可是我們因此「真窘極了」。他命令一切的人都要一律的習練，於是有幾位不幸的朋友掛在橫的雲梯上，進退不得，有的想在木馬上翻筋斗，卻倒爬了下來。啞鈴隊的人便分散了，有許多習練好了，有許多仍在掙扎，有一部分變了反抗的逃避，初只暫時請假，後來竟是正式的長假了。

我們這一群的人，當然成了校內的注意人物，以為不大安分，但我即在此刻想來也覺得並未怎樣的做錯；M老師的個人，我對於他還是懷著好意的，但是他那無理解而且嚴厲的統一的訓練法，我終於很是嫌惡。

前月裡有一個朋友同我談起莎士比亞的戲劇，他說莎士比亞雖有世界的聲名，但讀了他重要的作品，終於未能知道他的好處。這句話我很有同感，因為我也是不懂莎士比亞的。太陽的光熱雖然不以無人領受而失其價值，但在不曾領受的人不能不說為無效用。學校裡的體操既經教育家承認加入，大約同莎士比亞的戲劇一樣，自有其重大的價值，但實際上怎樣才能使他被領受有效用，這實在是一個重要的問題。

（十年十一月）

第二卷　初戀

懷舊

讀了郝秋圃君的雜感《聽一位華僑談話》，不禁引起我的懷舊之思。我的感想並不是關於僑民與海軍的大問題的，只是對於那個南京海軍魚雷槍炮學校的前身，略有一點回憶罷了。

海軍魚雷槍炮學校大約是以前的封神傳式的「雷電學校」的改稱，但是我在那裡的時候，還叫作「江南水師學堂」，這已是二十年前的事情了。那時魚雷剛才停辦，由駕駛管輪的學生兼習，不過大家都不用心，所以我現在除了什麼「白頭魚雷」等幾個名詞以外，差不多忘記完了。

舊日的師長裡很有不能忘記的人，我是極表尊敬的，但是不便發表，只把同學的有名人物數一數罷。動四位的杜錫珪君要算是最闊了，說來慚愧，他是我進校的那一年畢業的，所以終於「無緣識荊」。

同校三年，比我們早一班畢業的裡邊，有中將戈克安君是有名的，又倘若友人所說不誤，現任的南京海軍……學校校長也是這一班的前輩了。江西派的詩人胡詩廬君與杜君是同年，只因他是管輪班，所以我還得見過他的詩稿，而於我的同班呢，還未曾出過如此有名的人物，而且又多未便發表，只好提出一兩個故人來說說了。

第一個是趙伯先君，第二個是俞榆孫君。伯先隨後改入陸師學堂，死於革命運動；榆孫也改入京師醫學館，去年死於防疫。這兩個朋友恰巧先後都住在管輪堂第一號，便時常聯帶的想起。那時劉聲元君也在那裡學魚雷，住在第二號，每日同俞君角力，這個情形還宛在目前。

學校的西北角是魚雷堂舊址，旁邊朝南有三間屋曰關帝廟，據說原來是游泳池，因為溺死過兩個小的學生，總辦命令把它填平，改建關帝廟，用以鎮壓不祥。

廟裡住著一個更夫，約有六十多歲，自稱是個都司，每日三次往管輪堂的茶爐去取開水，經過我的鐵格窗外，必定和我點頭招呼（和人家自然也是一樣），有時拿了自養的一隻母雞所生的雞蛋來兜售，小洋一角買十六個。他很喜歡和別人談長毛時事，他的都司大約就在那時得來，可惜我當時不知道這些談話的價值，不大願意同他去談，到了現在回想起來，實在覺得可惜了。

關帝廟之東有幾排洋房，便是魚雷廠機器廠等，再往南去是駕駛堂的號舍了。魚雷廠上午八時開門，中午休息，下午至四五時關門。廠門裡邊兩旁放著幾個紅色油漆的水雷，這個龐大笨重的印象至今還留在腦裡。看去似乎是有了年紀的東西，但新式的是怎麼樣子，我在那裡終於沒見過。

廠裡有許多工匠，每天在那裡磨擦魚雷，我聽見教師說，魚雷的作用全靠著磷銅缸的氣壓，所以看著他們磨擦，心想這樣的擦去，不要把銅漸漸擦薄了麼，不禁代為著急。不知現在已否買添，還是仍舊磨擦著那幾個原有的呢？

郝君雜感中云，「軍火重地，嚴守秘密……唯魚雷及機器場始終未參觀，」與我舊有的印象截然不同，不禁使我發生了極大的今昔之感了。

水師學堂是我在本國學過的唯一的學校，所以回想與懷戀很多，一時寫說不盡，現在只略舉一二，紀念二十年前我們在校時的自由寬懈的日子而已。

（十一年八月）

懷舊之二

在「青光」上見到仲賢先生的《十五年前的回憶》，想起在江南水師學堂時的一二舊事，與仲賢先生所說的略有相關，便又記了出來，作這一篇《懷舊之二》。

我們在校的時候，管輪堂及駕駛堂的學生雖然很是隔膜，卻還不至於互相仇視，不過因為駕駛畢業的可以做到「船主」，而管輪的前程至大也只是一個「大伜」，終於是船主的下屬，所以駕駛學生的身分似乎要高傲一點了。

班次的階級，便是頭班和二班或副額的關係，卻更要不平，這種實例很多，現在略舉一二。

學生房內的用具，照例向學堂領用，但二班以下只准用一頂桌子，頭班卻可以佔用兩頂以上，陳設著仲賢先生說的那些「花瓶自鳴鐘」，我的一個朋友W君同頭班的C君同住，後來他遷往別的號舍，把自己固有的桌子以外又搬去C君的三頂之一。C君勃然大怒，罵道，「你們即使講革命，也不能革到這個地步。」過了幾天，C君的好友K君向著W君尋釁，說「我便打你們這些康黨」，幾乎大揮老拳：大家都知道是桌子風潮的餘波。

頭班在飯廳的坐位都有一定，每桌至多不過六人，都是同班至好或是低級裡附和他們的小友，從容談笑的吃著，不必搶奪吞咽。階級低的學生便不能這樣的舒服，他們一聽吃飯的號聲，便須直奔向飯廳裡去，在非頭班所佔據的桌上見到一個空位，趕緊坐下，這一餐的飯才算安穩到手了。

在這大眾奔竄之中，頭班卻比平常更從容的，張開兩隻臂膊，像螃蟹似的，在雁木形的過廊中央，大搖大擺的踱方步。走在他後面的人，不敢僭越，只能也跟著他踱，到得飯廳，急忙的各處亂鑽，好像是晚上尋不著窠的雞，好容易找到位置，一碗雪裡蕻上面的幾片肥肉也早已不見，只好吃一頓素飯罷了。我們幾個人不佩服這個階級制度，往往從他的臂膊間擠過，衝向前去，這一件事或者也就是革命黨的一個證據罷。

仲賢先生的回憶中，最令我注意的是那山上的一隻大狼，因為正同老更夫一樣，他也是我的老相識。我們在校時，每到晚飯後常往後山上去遊玩，但是因為山坳裡的農家有許多狗，時以惡聲相向，所以我們習慣都拿一枝棒出去。

一天的傍晚我同友人L君出了學堂，向著半山的一座古廟走去，這是同學常來借了房間叉麻雀的地方。我們沿著同校舍平行的一條小路前進，兩旁都生著稻麥之類，有三四尺高。走到一處十字叉口，我們看見左邊橫路旁伏著一隻大狗，照例揮起我們的棒，他便竄去麥田裡不見了。

我們走了一程，到了第二個十字叉口，卻又見這隻狗從麥叢裡露出半個身子，隨即竄向前面的田裡去了。我們覺得他的行為有點古怪，又看見他的尾巴似乎異常，猜想他不是尋常的狗，於是便把這一天的散步中止了。

後來同學中也還有人遇見過他，因為手裡有棒，大抵是他先回避了。原來過了五六年之後他還在那裡，而且居然「白晝傷人」起來了。不知道他在現今還健在否？很想得到機會，去向現在南京海軍魚雷槍炮學校的同學打聽一聲。

十天以前寫了一篇，從郵局寄給報社，不知怎的中途失落了，現在重新寫過，卻沒有先前的興致，只能把文中的大意紀錄出來罷了。

（十一年九月）

【附錄】

十五年前的回憶　汪仲賢

在《晨報副刊》上看見仲密先生談江南水師學堂的事，不禁令我想起十五年前的學校生活。

仲密先生的話，大概離開現在有二十年了。他是我的老前輩，是沒有見過面的同學。我與他不同的是他住在「管輪堂」，我住在「駕駛堂」。

我們在那校舍很狹小的上海私立學堂內讀慣了書，剛進水師學堂覺得有許多東西看不順眼。比我們上一輩的同學，每人占著一個大房間，裡面掛了許多單條字畫，桌上陳設了許多花瓶自鳴鐘等東西，我們上海去的學生都稱他們為「新婚式的房間」。

我們在上海私立學堂念書的時候，學生與教師之間，不分什麼階級，學生有了意見盡可以向教師發表。豈知這樣舒服慣了，到了官立學校裡去竟大上其當。

我們這班學生是在上海考插班進去的，入學試驗，數學曾考過諸等命分；誰知進了學堂，第一天上課時，那教員反來教我們1234十個亞喇伯數母。一連教了三天還沒有教完，我忍不住了，對那教員說了一句：「我們早已學過這些東西了，何必再來糟踏光陰呢？」

這一句話，觸怒了那位教師，立刻板起面孔將我大罵一頓，並說「你敢這樣挺撞我，明天稟了總辦，將你開除！」我怕他真的開除我，嚇得我立刻回房捲了鋪蓋逃回上海。兩個月後，同學寫信告訴我，那教員已被辭退了，我才敢回進去讀書。

還有一位教漢文的老夫子告訴我們說：「地球有兩個，一個自動，一個被動，一個叫東半球，一個叫西半球。」那時我因為怕開除，已不敢和他辯駁了。

我們住的房間門口的門檻，都踏成筆架山形，地板上都有像麻子般的焦點。二者都是老前輩在學堂留下的生活遺跡。

校中駕駛堂與管輪堂的同學隔膜得很厲害，平常不很通往來。我在校中四年多，管輪堂裡只去過不滿十次。據深悉水師學堂歷史的人說，從前二堂的學生互相仇視，時常有決鬥的事情發生。有一次最大的械鬥，是借風雨操場和桅杆網邊做戰場，雙方都毆傷了許多學生。學堂總辦無法阻止，只對學生嘆了幾口氣。不知仲密先生在學堂裡的時候，可經過這件事嗎？

我們駕駛堂的長方院子裡，有四座磚砌的花臺，每座臺上有一株臘梅。我們看見臘梅花開放，就知道要預備年考了。考畢回家，臘梅花正開得茂盛的時候，明年到校上課，還可以聞得幾天殘香。這四株臘梅的香色，卻只有駕駛堂的學生可以領略，住在管輪堂的同學是沒有權利享的了。

在學堂裡每日上下午上兩大課，只有上午十點鐘的時候得十分鐘的休息。早晨吃了兩三大碗稀飯，到十點鐘下課，往往肚裡餓得咕嚕嚕地叫；命聽差到學堂門口買兩個銅元山東燒餅，一個銅元麻油辣椒和醋，用燒餅蘸著吃，吃得又香又辣又酸又點饑，真比山珍海味還鮮。後來出了學堂，便沒有機會嘗這美味了。

仲密先生說的老更夫，我還看見的。他仍舊很康健，仍愛與人談長毛故事。有幾個小同學因他深夜裡在關帝廟出入打更，很佩服他的膽子大，常向他打聽「可見過鬼嗎？」他說生平只有一次在飯廳傍邊看見過一個黑影。他又說見怪不怪，其怪自退，所以他打更不怕鬼。我因為住的房間是在駕駛堂的東九號，窗外沒有走廊，他也不常走進駕駛堂，所以我不能天天看見他，我對於他的感情也沒有仲密先生與他的深。

我自幼生長在都市裡，到了南京看見學堂後面的一帶小山便十分歡喜；每逢生活煩悶的時候，便托故請了假獨自到小山去閒逛。高興的時候，可以越山過嶺一直走到清涼山才回來。

有一次我也是一個人，跑到一個小山頂上的栗子樹林下睡著了一大覺，及至醒後下山，看見一處，白牆上貼著一張「警告行人」的招貼，說是本段山內近來出了一隻大狼，時常白晝出來傷人……我看罷驚得一身冷汗，以後就不敢獨自入山了。

我們臨出學堂的時候，曾到魚雷堂裡去抄了三星期的講義。我們身邊陳列著幾個真的魚雷，手裡寫的許多 Torpedo 字樣；但是教師與學生不發一言，手裡寫的和座位邊陳列的究竟有什麼關係，老實說我至今還是一點不明白。仲密先生現在還記得「白頭魚雷」等名詞，足見老前輩比我們高明得多了，因為我一向就不知道白頭魚雷是什麼！

「你是海軍出身的人，跳在黃浦江裡總不會淹死了吧？」我聽得這種問，最是頭疼。沒有法子，我只得用以下兩種話答覆他們：「吃報館飯的未必人人都會排字，吃唱戲飯的梅蘭芳未必會打真刀真槍。」南京水師出身的學生不會泅水，大概是受那位淹死在游泳池裡小老前輩的影響罷。

（錄《時事新報》「青光」）

學校生活的一頁

一九〇一年的夏天考入江南水師學堂，讀「印度讀本」，才知道在經史子集之外還有「這裡是我的新書」。但是學校的功課重在講什麼鍋爐——聽先輩講話，只叫「薄厄婁」，不用這個譯語，——或經緯度之類，英文讀本只是敲門磚罷了。

所以那印度讀本不過發給到第四集，此後便去專弄鍋爐，對於「太陽去休息，蜜蜂離花叢」的詩很少親近的機會；字典也只發給一本商務印書館的《華英字典》（還有一本那泰耳英文字典），表面寫著「華英」，其實卻是英華的，我們所領到的大約還是初板，其中有一個訓作孌童的字，——原文已忘記了，——他用極平易通俗的一句話作注解，這是一種特別的標徵，比我們低一級的人所領來的書裡已經沒有這一條了。因為是這樣的情形，大家雖然讀了他們的「新書」，卻仍然沒有得著新書的趣味，有許多先輩一出了學堂便把字典和讀本全數遺失，再也不去看他，正是當然的事情。

我在印度讀本以外所看見的新書，第一種是從日本得來的一本《天方夜談》。這是倫敦紐恩士公司發行三先令半的插畫本，其中有亞拉廷拿著神燈，和亞利巴巴的女奴拿了短刀跳舞的圖，我還約略記得。當時這一本書不但在我是一種驚異，便是丟掉了字典在船上供職的老同學見了也以為得未曾有，借去傳觀，後來不知落在什麼人手裡，沒有法追尋，想來即使不失落也當看破了。

但是在這本書消滅之前，我便利用了它做了我的「初出手」。《天方夜談》裡的《亞利巴巴與四十個強盜》是世界上有名的故事，我看了覺得很有趣味，陸續把它譯了出來，——當然是用古文而且帶著許多誤譯與刪節。

當時我一個同班的朋友陳君定閱蘇州出版的《女子世界》，我就把譯文寄到那裡去，題上一個「萍雲」的女子名字，不久居然登出，而且後來又印成單行本，書名是「俠女奴」。

這回既然成功，我便高興起來，又將美國亞倫坡（E·Allan Poe）的小說《黃金蟲》譯出，改名「山羊圖」，再寄給女子世界社的丁君。他答應由小說林出版，並且將書名換作「玉蟲緣」。至於譯者名字則為「碧羅女士」！這大約都是一九零四年的事情。近來常見青年在報上通訊喜用姊妹稱呼，或者自署稱什麼女士，我便不禁獨自微笑，這並不是嘲弄的意思，不過因此想起十八九年前的舊事，彷彿覺得能夠瞭解青年的感傷的心情，禁不住同情的微笑罷了。

此後我又得到幾本文學書，但都是陀勒插畫的《神曲》地獄篇，凱拉爾（Carlyle）的《英雄崇拜論》之類，沒有法子可以利用。那時蘇子谷在上海報上譯登《慘世界》，梁任公又在《新小說》上常講起「囂俄」，我就成了囂俄的崇拜者，苦心孤詣的搜求他的著作，好容易設法湊了十六塊錢買到一部八冊的美國板的囂俄選集。

這是不曾見過的一部大書，但是因為太多太長了，卻也就不能多看，只有《死囚的末日》和「Claude Gueux」這兩篇時常拿來翻閱。

一九〇六年的夏天住在魚雷堂的空屋裡，忽然發心想做小說，定名曰「孤兒記」，敘述孤兒的生活；上半是創造的，全憑了自己的貧弱的想像支撐過去，但是到了孤兒做賊以後便支持不住了，於是把囂俄的文章儘量的放進去，孤兒的下半生遂成為 Claude 了：這個事實在例言上有沒有聲明，現在已經記不清楚，連署名用哪兩個字也忘記了。

這篇小說共約二萬字，直接寄給《小說林》，承他收納，而且酬洋二十圓。這是我所得初次的工錢，以前的兩種女性的譯書只收到他們的五十部書罷了。這二十塊錢我拿了到張季直所開的洋貨公司裡買了一個白帆布的衣包，其餘的用作歸鄉的旅費了。

以上是我在本國學校時讀書和著作的生活。那三種小書僥倖此刻早已絕板，就是有好奇的人恐怕也不容易找到了：這是極好的事，因為他們實在沒有給人看的價值。但是在我自己卻不是如此，這並非什麼敝帚自珍，因為他們是我過去的出產，表示我的生活的過程的，所以在回想中還是很有價值，而且因了自己這種經驗，略能理解現在及未來的後生的心情，不至於盛氣的去呵斥他們，這是我所最喜歡的。我想過去的經驗如於我們有若干用處，這大約是最重要的一點罷。

（十一年十一月）

初戀

那時我十四歲，她大約是十三歲罷。我跟著祖父的妾宋姨太太寄寓在杭州的花牌樓，間壁住著一家姚姓，她便是那家的女兒。她本姓楊，住在清波門頭，大約因為行三，人家都稱她作三姑娘。

姚家老夫婦沒有子女，便認她做乾女兒，一個月裡有二十多天住在他們家裡，宋姨太太和遠鄰的羊肉店石家的媳婦雖然很說得來，與姚宅的老婦卻感情很壞，彼此都不交口，但是三姑娘並不管這些事，仍舊推進門來遊嬉。她大抵先到樓上去，同宋姨太太搭赸一回，隨後走下樓來，站在我同僕人阮升公用的一張板棹旁邊，抱著名叫「三花」的一隻大貓，看我映寫陸潤庠的木刻的字帖。

我不曾和她談過一句話，也不曾仔細的看過她的面貌與姿態。大約我在那時已經很是近視，但是還有一層緣故，雖然非意識的對於她很是感到親近，一面卻似乎為她的光輝所掩，開不起眼來去端詳她了。在此刻回想起來，彷彿是一個尖面龐，烏眼睛，瘦小身材，而且有尖小的腳的少女，並沒有什麼殊勝的地方，但在我的性的生活裡總是第一個人，使我於自己以外感到對於別人的愛著，引起我沒有明瞭的性的概念的，對於異性的戀慕的第一個人了。

我在那時候當然是「醜小鴨」，自己也是知道的，但是終不以此而減滅我的熱情。每逢她抱著貓來看我寫字，我便不自覺的振作起來，用了平常所無的努力去映寫，感著一種無所希求的迷矇的喜樂。

並不問她是否愛我，或者也還不知道自己是愛著她，總之對於她的存在感到親近喜悅，並且願為她有所盡力，這是當時實在的心情，也是她所給我的賜物了。在她是怎樣不能知道，自己的情緒大約只是淡淡的一種戀慕，始終沒有想到男女關係的問題。

有一天晚上，宋姨太太忽然又發表對於姚姓的憎恨，末了說道：

「阿三那小東西，也不是好貨，將來總要流落到拱辰橋去做婊子的。」

我不很明白做婊子這些是什麼事情，但當時聽了心裡想道：

「她如果真是流落做了，我必定去救她出來。」

大半年的光陰這樣的消費過了。到了七八月裡因為母親生病，我便離開杭州回家去了。一個月以後，阮升告假回去，順便到我家裡，說起花牌樓的事情，說道：

「楊家的三姑娘患霍亂死了。」

我那時也很覺得不快，想像她的悲慘的死相，但同時卻又似乎很是安靜，彷彿心裡有一塊大石頭已經放下了。

（十一年九月）

娛園

有三處地方，在我都是可以懷念的，——因為戀愛的緣故。第一是《初戀》裡說過了的杭州，其二是故鄉城外的娛園。

娛園是皋社詩人秦秋漁的別業，但是連在住宅的後面，所以平常只稱作花園。這個園據王眉叔的《娛園記》說，是「在水石莊，枕碧湖，帶平林，廣約頃許。曲構雲繚，疏築花幕。竹高出牆，樹古當戶。離離蔚蔚，號為勝區。」園築於咸豐丁巳（一八五七年），我初到那裡是在光緒甲午，已在四十年後，遍地都長了荒草，不能想見當時「秋夜聯吟」的風趣了。園的左偏有一處名叫潭水山房，記中稱它「方池湛然，簾戶靜鏡，花水孕谷，筍石飯藍」的便是。《娛園詩存》卷三中有諸人題詞，樊樊山的《望江南》云：「冰谷淨，山裡釣人居。花覆書床偎瘦鶴，波搖琴幌散文魚：水竹夜窗虛。」

陶子縝的一首云：「瀲潭瑩，明瑟敞幽房。茶火瓶笙山蠣洞，柳絲泉築水晃床：古幀寫秋光。」

這些文字的費解雖然不亞於公府所常發表的駢體電文，但因此總可約略想見它的幽雅了。我們所見只是廢墟，但也覺得非常有趣，兒童的感覺原自要比大人新鮮，而且在故鄉少有這樣遊樂之地，也是一個原因。

娛園主人是我的舅父①的丈人，舅父晚年寓居秦氏的西廂，所以我們常有遊娛園的機會。秦氏的西鄰是沈姓，大約因為風水的關係，大門是偏向的，近地都稱作「歪擺台門」。據說是明人沈青霞的嫡裔，但是也已很是衰頹，我們曾經去拜訪他的主人，乃是一個二十歲左右的青年，跛著一足，在廳房裡聚集了七八個學童，教他們讀《千家詩》。娛園主人的兒子那時是秦氏的家主，卻因吸煙終日高臥，我們到旁晚去找他，請他畫家傳的梅花，可惜他現在早已死去了。

忘記了是那一年，不過總是庚子以前的事罷。那時舅父的獨子娶親（神安他們的魂魄，因為夫婦不久都去世了），中表都聚在一處，凡男的十四人，女的七人。其中有一個人和我是同年同月生的，我稱她為姊②，她也稱我為兄：我本是一隻「醜小鴨」，沒有一個人注意的，所以我隱密的懷抱著的對於她的情意，當然只是單面的，而且我知道她自小許給人家了，不容再有非分之想，但總感著固執的牽引，此刻想起來，倒似乎頗有中古詩人（Troubadour）的餘風了。

當時我們住在留鶴盦裡，她們住在樓上。白天裡她們不在房裡的時候，我們幾個較為年少的人便「乘虛內犯」走上樓去掠奪東西吃；有一次大家在樓上跳鬧，我彷彿無意似的拿起她的一件雪青紡綢衫穿了跳舞起來，她的一個兄弟也一同鬧著，不曾看出什麼破綻來，是我很得意的一件事。

後來讀木下杢太郎的《食後之歌》，看到一首《絳絹裡》，不禁又引起我的感觸。

「到龕上去取筆去，

鑽過晾著的冬衣底下，
觸著了女衫的袖子。
說不出的心裡的擾亂，
『呀』的縮頭下來：
南無，神佛也未必見罪罷，
因為這已是故人的遺物了。」

在南京的時代，雖然在日記上寫了許多感傷的話（隨後又都剪去，所以現在記不起它的內容了），但是始終沒有想及婚嫁的關係。在外邊漂流了十二年之後，回到故鄉，我們有了兒女，她也早已出嫁，而且抱著痼疾，已經與死當面立著了，以後相見了幾回，我又復出門，她不久就平安過去。

至今她只有一張早年的照相在母親那裡，因她後來自己說是母親的義女，雖然沒有正式的儀節。

自從舅父全家亡故之後，二十年沒有再到娛園的機會，想比以前必更荒廢了。但是它的影像總是隱約的留在我腦底，為我心中的火焰（Fiammetta）的餘光所映照著。

（十二年三月）

注釋

①周作人的大舅父魯伯堂，終生閒居在家。

②周作人二姨父酈拜卿的女兒酈水準，周作人稱「平表姊」，曾過繼給周作人母親做女兒，後嫁給車耕南，夫妻感情不和，因流產出血過多，終成痼疾，卻拒絕就醫，鬱鬱而死。

故鄉的野菜

我的故鄉不止一個，凡我住過的地方都是故鄉。故鄉對於我並沒有什麼特別的情分，只因釣於斯遊於斯的關係，朝夕會面，遂成相識，正如鄉村裡的鄰舍一樣，雖然不是親屬，別後有時也要想念到他。我在浙東住過十幾年，南京東京都住過六年，這都是我的故鄉；現在住在北京，於是北京就成了我的家鄉了。

日前我的妻往西單市場買菜回來，說起有薺菜在那裡賣著，我便想起浙東的事來。薺菜是浙東人春天常吃的野菜，鄉間不必說，就是城裡只要有後園的人家都可以隨時採食，婦女小兒各拿一把剪刀一隻「苗籃」，蹲在地上搜尋，是一種有趣味的遊戲的工作。那時小孩們唱道，「薺菜馬蘭頭，姊姊嫁在後門頭。」後來馬蘭頭有鄉人拿來進城售賣了，但薺菜還是一種野菜，須得自家去採。

關於薺菜向來頗有風雅的傳說，不過這似乎以吳地為主。《西湖遊覽志》云，「三月三日男女皆戴薺菜花。諺云，三春戴薺花，桃李羞繁華。」顧祿的《清嘉錄》上亦說，「薺菜花俗呼野菜花，因諺有三月三螞蟻上灶山之語，三日人家皆以野菜花置灶陘上，以厭蟲蟻。侵晨村童叫賣不絕。或婦女簪髻上以祈清目，俗號眼亮花。」但浙東卻不很理會這些事情，只是挑來做菜或炒年糕吃罷了。

黃花麥果通稱鼠麴草，係菊科植物，葉小，微圓互生，表面有白毛，花黃色，簇生梢頭。春天採嫩葉，搗爛去汁，和粉作糕，稱黃花麥果糕。小孩們有歌讚美之云：

「黃花麥果韌結結，
關得大門自要吃：
半塊拿弗出，一塊自要吃。」

清明前後掃墓時，有些人家——大約是保存古風的人家——用黃花麥果作供，但不作餅狀，做成小顆如指頂大，或細條如小指，以五六個作一攢，名曰繭果，不知是什麼意思，或因蠶上山時設祭，也用這種食品，故有是稱，亦未可知。

自從十二三歲時外出不參與外祖家掃墓以後，不復見過繭果，近來住在北京，也不再見黃花麥果的影子了。日本稱作「御形」，與薺菜同為春的七草之一，也採來做點心用，狀如艾餃，名曰「草餅」，春分前後多食之，在北京也有，但是吃去總是日本風味，不復是兒時的黃花麥果糕了。

掃墓時候所常吃的還有一種野菜，俗名草紫，通稱紫雲英。農人在收穫後，播種田內，用作肥料，是一種很被賤視的植物，但採取嫩莖瀹食，味頗鮮美，似豌豆苗。花紫紅色，數十畝接連不斷，一片錦繡，如鋪著華美的地毯，非常好看，而且花朵狀若蝴蝶，又如雞雛，尤為小孩所喜。間有白色的花，相傳可以治痢，很是珍重，但不易得。

日本《俳句大辭典》云，「此草與蒲公英同是習見的東西，從幼年時代便已熟識，在女人裡邊，不曾採過紫雲英的人，恐未必有罷。」中國古來沒有花環，但紫雲英的花球卻是小孩常玩的東西，這一層我還替那些小人們欣幸的。浙東掃墓用鼓吹，所以少年常隨了樂音去看「上墳船裡的姣姣」；沒有錢的人家雖沒有鼓吹，但是船頭上篷窗下總露出些紫雲英和杜鵑的花束，這也就是上墳船的確實的證據了。

（十三年二月）

北京的茶食

在東安市場的舊書攤上買到一本日本文章家五十嵐力的《我的書翰》，中間說起東京的茶食店的點心都不好吃了，只有幾家如上野山下的空也，還做得好點心，吃起來餡和糖及果實渾然融合，在舌頭上分不出各自的味來。想起德川時代江戶的二百五十年的繁華，當然有這一種享樂的流風餘韻留傳到今日，雖然比起京都來自然有點不及。

北京建都已有五百餘年之久，論理於衣食住方面應有多少精微的造就，但實際似乎並不如此，即以茶食而論，就不曾知道什麼特殊的有滋味的東西。固然我們對於北京情形不甚熟悉，只是隨便撞進一家餑餑鋪裡去買一點來吃，但是就撞過的經驗來說，總沒有很好吃的點心買到過。難道北京竟是沒有好的茶食，還是有而我們不知道呢？

這也未必全是為貪口腹之欲，總覺得住在古老的京城裡吃不到包含歷史的精煉的或頹廢的點心是一個很大的缺陷。

北京的朋友們，能夠告訴我兩三家做得上好點心的餑餑鋪麼？

我對於二十世紀的中國貨色，有點不大喜歡，粗惡的模仿品，美其名曰國貨，要賣得比外國貨更貴些。新房子裡賣的東西，便不免都有點懷疑，雖然這樣說好像遺老的口吻，但總之關於風流享樂的事，我是頗迷信傳統的。

我在西四牌樓以南走過，望著異馥齋的丈許高的獨木招牌，不禁神往，因為這不但表示他是義和團以前的老店，那模糊陰暗的字跡又引起我一種焚香靜坐的安閒而豐腴的生活的幻想。

我不曾焚過什麼香，卻對於這件事很有趣味，然而終於不敢進香店去，因為怕他們在香合上已放著花露水與日光皂了。

我們於日用必需的東西以外，必須還有一點無用的遊戲與享樂，生活才覺得有意思。

我們看夕陽，看秋河，看花，聽雨，聞香，喝不求解渴的酒，吃不求飽的點心，都是生活上必要的——雖然是無用的裝點，而且是愈精煉愈好。可憐現在的中國生活，卻是極端地乾燥粗鄙，別的不說，我在北京彷徨了十年，終未曾吃到好點心。

（十三年二月）

喝茶

前回徐志摩先生在平民中學講「吃茶」，——並不是胡適之先生所說的「吃講茶」，——我沒有工夫去聽，又可惜沒有見到他精心結構的講稿，但我推想他是在講日本的「茶道」（英文譯作Teaism），而且一定說的很好。茶道的意思，用平凡的話來說，可以稱作「忙裡偷閒，苦中作樂」，在不完全的現世享樂一點美與和諧，在剎那間體會永久，是日本之「象徵的文化」裡的一種代表藝術。

關於這一件事，徐先生一定已有透徹巧妙的解說，不必再來多嘴，我現在所想說的，只是我個人的很平常的喝茶罷了。

喝茶以綠茶為正宗。紅茶已經沒有什麼意味，何況又加糖——與牛奶？葛辛（George Gissing）的《草堂隨筆》（Private Papers of Henry Ryecroft）確是很有趣味的書，但冬之卷裡說及飲茶，以為英國家庭裡下午的紅茶與黃油麵包是一日中最大的樂事，支那飲茶已歷千百年，未必能領略此種樂趣與實益的萬分之一，則我殊不以為然。

紅茶帶「土斯」未始不可吃，但這只是當飯，在肚饑時食之而已；我的所謂喝茶，卻是在喝清茶，在賞鑑其色與香與味，意未必在止渴，自然更不在果腹了。中國古昔曾吃過煎茶及抹茶，現在所用的都是泡茶，岡倉覺三在《茶之書》（Book of Tea 1919）裡很巧妙的稱之曰「自然主義的茶」，所以我們所重的即在這自然之妙味。

中國人上茶館去，左一碗右一碗的喝了半天，好像是剛從沙漠裡回來的樣子，頗合於我的喝茶的意思（聽說閩粵有所謂吃工夫茶者自然也有道理），只可惜近來太是洋場化，失了本意，其結果成為飯館子之流，只在鄉村間還保存一點古風，唯是屋宇器具簡陋萬分，或者但可稱為頗有喝茶之意，而未可許為已得喝茶之道也。

喝茶當於瓦屋紙窗之下，清泉綠茶，用素雅的陶瓷茶具，同二三人共飲，得半日之閒，可抵十年的塵夢。喝茶之後，再去繼續修各人的勝業，無論為名為利，都無不可，但偶然的片刻優遊乃正亦斷不可少。

中國喝茶時多吃瓜子，我覺得不很適宜；喝茶時可吃的東西應當是輕淡的「茶食」。中國的茶食卻變了「滿漢餑餑」，其性質與「阿阿兜」相差無幾，不是喝茶時所吃的東西了。日本的點心雖是豆米的成品，但那優雅的形色，樸素的味道，很合於茶食的資格，如各色的「羊羹」（據上田恭輔氏考據，說是出於中國唐時的羊肝餅），尤有特殊的風味。

江南茶館中有一種「乾絲」，用豆腐乾切成細絲，加薑絲醬油，重湯燉熱，上澆麻油，出以供客，其利益為「堂倌」所獨有。豆腐乾中本有一種「茶乾」，今變而為絲，亦頗與茶相宜。在南京時常食此品，據云有某寺方丈所製為最，雖也曾嘗試，卻已忘記，所記得者乃只是下關的江天閣而已。

學生們的習慣，平常「乾絲」既出，大抵不即食，等到麻油再加，開水重換之後，始行舉箸，最為合式，因為一到即罄，次碗繼至，不遑應酬，否則麻油三澆，旋即撤去，怒形於色，未免使客不歡而散，茶意都消了。

吾鄉昌安門外有一處地方，名三腳橋（實在並無三腳，乃是三出，因以一橋而跨三汊的河上也），其地有豆腐店曰周德和者，製茶乾最有名。尋常的豆腐乾方約寸半，厚三分，值錢二文，周德和的價值相同，小而且薄，幾及一半，黝黑堅實，如紫檀片。我家距三腳橋有步行兩小時的路程，故殊不易得，但能吃到油炸者而已。

每天有人挑擔設爐鑊，沿街叫賣，其詞曰：

「辣醬辣，

麻油炸，

紅醬搽，辣醬拓：

周德和格五香油炸豆腐乾。」

其製法如上所述，以竹絲插其末端，每枚值三文。豆腐乾大小如周德和，而甚柔軟，大約係常品，惟經過這樣烹調，雖然不是茶食之一，卻也不失為一種好豆食。——豆腐的確也是極東的佳妙的食品，可以有種種的變化，唯在西洋不會被領解，正如茶一般。

日本用茶淘飯，名曰「茶漬」，以醃菜及「澤庵」（即福建的黃土蘿蔔，日本澤庵法師始傳此法，蓋從中國傳去）等為佐，很有清淡而甘香的風味。中國人未嘗不這樣吃，唯其原因，非由窮困即為節省，殆少有故意往清茶淡飯中尋其固有之味者，此所以為可惜也。

（十三年十二月）

蒼蠅

蒼蠅不是一件很可愛的東西，但我們在做小孩子的時候都有點喜歡他。我同兄弟常在夏天乘大人們午睡，在院子裡棄著香瓜皮瓤的地方捉蒼蠅，——蒼蠅共有三種，飯蒼蠅太小，麻蒼蠅有蛆太髒，只有金蒼蠅可用。金蒼蠅即青蠅，小兒謎中所謂「頭戴紅纓帽，身穿紫羅袍」者是也。我們把他捉來，摘一片月季花的葉，用月季的刺釘在背上，便見綠葉在桌上蠕蠕而動，東安市場有賣紙製各色小蟲者，標題云「蒼蠅玩物」，即是同一的用意。我們又把他的背豎穿在細竹絲上，取燈心草一小段放在腳的中間，他便上下顛倒的舞弄，名曰「戲棍」；又或用白紙條纏在腸上縱使飛去，但見空中一片片的白紙亂飛，很是好看。倘若捉到一個年富力強的蒼蠅，用快剪將頭切下，他的身子便仍舊飛去。

希臘路吉亞諾思（Loukianos）的《蒼蠅頌》中說，「蒼蠅在被切去了頭之後，也能生活好些時光」，大約二千年前的小孩已經是這樣的玩耍的了。

我們現在受了科學的洗禮，知道蒼蠅能夠傳染病菌，因此對於他們很有一種惡感。

三年前臥病在醫院時曾作有一首詩，後半云：

「大小一切的蒼蠅們，
美和生命的破壞者，
中國人的好朋友的蒼蠅們呵，
我詛咒你的全滅，
用了人力以外的，
最黑最黑的魔術的力。」

但是實際上最可惡的還是他的別一種壞癖氣，便是喜歡在人家的顏面手腳上亂爬亂舐，古人雖美其名曰「吸美」，在被吸者卻是極不愉快的事。希臘有一篇傳說，說明這個緣起，頗有趣味。

據說蒼蠅本來是一個處女，名叫默亞（Muia），很是美麗，不過太喜歡說話。她也愛那月神的情人恩迭米盎（Endymion），當他睡著的時候，她總還是和他講話或唱歌，使他不能安息，因此月神發怒，把她變成蒼蠅。以後她還是紀念著恩迭米盎，不肯叫人家安睡，尤其是喜歡攪擾年青的人。

蒼蠅的固執與大膽，引起好些人的讚嘆。訶美洛思（Homeros）在史詩中嘗比勇士於蒼蠅，他說，雖然你趕他去，他總不肯離開你，一定要叮你一口方才甘休。又有詩人云，那小蒼蠅極勇敢地跳在人的肢體上，渴欲飲血，戰士卻躲避敵人的刀鋒，真可羞了。

我們僥倖不大遇見渴血的勇士，但勇敢地攻上來舐我們的頭的卻常常遇到，法勃耳（Fabre）的《昆蟲記》裡說有一種蠅，乘土蜂負蟲入穴之時，下卵於蟲內，後來蠅卵先出，把死蟲和蜂卵一併吃下去。他說這種蠅的行為好像是一個紅巾黑衣的暴客在林中襲擊旅人，但是他的悍敏捷的確也可佩服，倘使希臘人知道，或者可以拿去形容阿迭修思（Odysseus）一流的狡獪英雄罷。

中國古來對於蒼蠅似乎沒有什麼反感。《詩經》裡說，「營營青蠅，止於樊。豈弟君子，無信讒言。」又云，「非雞則鳴，蒼蠅之聲。」據陸農師說，青蠅善亂色，蒼蠅善亂聲，所以是這樣說法。

傳說裡的蒼蠅，即使不是特殊良善，總之決不比別的昆蟲更為卑惡。在日本的俳諧中，則蠅成為普通的詩料，雖然略帶湫穢的氣色，但很能表出溫暖熱鬧的境界。

小林一茶更為奇特，他同聖芳濟一樣，以一切生物為弟兄朋友，蒼蠅當然也是其一。

檢閱他的俳句選集，詠蠅的詩有二十首之多，今舉兩首以見一斑。一云：「笠上的蒼蠅，比我更早地飛進去了。」這詩有題曰「歸庵」。

又一首云：「不要打哪，蒼蠅搓他的手，搓他的腳呢。」

我讀這一句，常常想起自己的詩覺得慚愧，不過我的心情總不能達到那一步，所以也是無法。《埤雅》云，「蠅好交其前足，有絞繩之象，……亦好交其後足」，這個描寫正可作前句的注解。

又紹興小兒謎語歌云，「像烏豇豆格烏，像烏豇豆格粗，堂前當中央，坐得拉鬍鬚，」也是指這個現象。（格猶云「的」，坐得即「坐著」之意。）

據路吉亞諾思說，古代有一個女詩人，慧而美，名叫默亞，又有一個名妓也以此為名，所以滑稽詩人有句云，「默亞咬他直達他的心房。」中國人雖然永久與蒼蠅同桌吃飯，卻沒有人拿蒼蠅作為名字，以我所知，只有一二人被用為諢名而已。

（十三年七月）

破腳骨

「破腳骨」——讀若 Phacahkueh，是我們鄉間的方言，就是說「無賴子」，照王桐齡教授《東遊雜感》的筆法，可以這樣說：——破腳骨官話曰無賴曰光棍，古語曰潑皮曰破落戶，上海曰流氓，南京曰流戶曰青皮，日本曰歌羅支其，英國曰羅格……。

這個名詞的本意不甚明瞭，望文生義地看去，大約因為時常要被打破腳骨，所以這樣稱的罷。

他們的職業是訛詐，俗稱敲竹槓。小破腳骨沿路尋事，看見可欺的人便撞過去，被撞的如說一句話，他即吆喝說，Taowan bar gwaantatze？意思是說撞了倒反不行嗎，於是扭結不放，同黨的人出來邀入茶館評理，結果是被撞的人算錯，替大家會抄了事。

這是最普通的一種方法，此外還有許多，我也不很明白了。至於大破腳骨專做大票生意，如包娼戳賭或捉姦勒索等，不再做這些小勾當，他們的行徑有點與「破靴黨」相近，所差者只在他們不是秀才罷了。

這些人當然不是好人，便有喜歡做翻案文章的人也不容易把他們說好，但是，他們也有可取的地方。他們也有自己的道德，尚義與勇，即使並非同幫，只要在酒樓茶館會過一兩面，他們便算有交情，不再來暗算，而且有時還肯保護。我在往江南當水兵以前，同兄弟在鄉間遊手好閒的時候，大有流為破腳骨之意，鄰近的幾個小破腳骨都有點認識，遠房親戚的破靴黨不算在內。

我們因此不曾被人撞過，有一兩次還叨他們的光。

有一回我已經不在家，我的兄弟（其時他只十四五歲）同母親往南街看戲；那時還沒有什麼戲館，只在廟臺上演戲敬神，近地的人在兩旁搭蓋看臺，租給人家使用，我們也便租了兩個坐位，後來臺主不知為何忽下逐客令，大約要租給闊人了，坐客一時大窘，恰巧我們所認識的一個小破腳骨正在那裡看戲，於是便去把他找來，他對臺主說道，「你這臺不租了嗎？那麼由我出租了。」臺主除收回成命之外，還對他賠了許多小心，這才完事。

在他這強橫的詭辯裡邊，實在很含有不少的詼諧與愛嬌。二十世紀以來不曾再見到他，聽說他後來眼瞎了，過了幾年隨即去世，——請你永遠平安地休息罷！

一個人要變成破腳骨，須有相當的訓練，與古代的武士修行一樣，不是很容易的事。破腳骨的生活裡最重要的事件是挨打，所以非有十足的忍苦忍辱的勇氣，不能成為一個像樣的破腳骨，小破腳骨與人家相打，且罵且脫衣，隨將右手各拔敵人的辮髮而以左手各自握其髮根，於是互相推擁，以被擠至路邊將背貼牆者為負。

大破腳骨則不然，他拔出尖刀，但並不刺人，只拿在手中，自指其股曰「戳！」敵人或如命而戳一下，則再命令曰「再戳！」如戳至再三而毫不呼痛，刺者卻不敢照樣奉陪，那便算大敗，不復見齒於同類。能禁得毆打，術語曰「受路足」，是破腳骨修養的最要之一。

此外官司的經驗也很重要，他們往往大言於茶館中云「屁股也打過，大枷也戴過」，亦屬破腳骨履歷中很出色的項目。有些大家子弟流為破腳骨者，因門第的影響，無被官刑之慮，這兩項的修煉或可無須，唯挨打仍屬必要。

我有一個同族的長輩，通文，能寫二尺方的大字，做了破腳骨，一年的春分日在宗祠中聽見他自伐其戰功，說 Tarngfan yir banchir，banchir yir tarngfan，意云打倒又爬起，爬起又打倒，這兩句話實在足以代表「破腳骨道」之精義了。在現時人心不古的時代，破腳骨也墮落了，變成商埠碼頭的那些拆梢的流氓，回想昔日鄉間的破腳骨，已經如書中的列仙高士，流風斷絕，邈乎其不可復追矣。

我在默想堂伯父的戰功，不禁想起《吉訶德先生》（Don Quixote——林琴南先生譯作當塊克蘇替，陸祖鼎先生譯作唐克孝，丁初我先生在二十年前譯作唐誇特），以及西班牙的「流氓小說」（Novelas de Picaros）來。

中國也有這班人物，為什麼除了《水滸傳》的潑皮牛二以外，沒有人把他們細細地寫下來；不然倒真可以造成一類「流氓生活的文學」（「Picaresque Literature」）哩。——這兩個英文，陸先生在《學燈》上卻把它譯作「盜賊文學」，啊啊，輕鬆的枷杖的罪名竟這樣地被改定了一個大辟（在現行治盜條例的時期），卻是冤哉枉也。然而這也怪不得陸先生，因為《英漢字典》中確將「流氓」（Picaroon）這字釋作劫掠者，盜賊等等也。

（十三年六月）

第三卷　十字街頭

日本的海賊

海賊——這是一個多麼美而浪漫的名詞！我們讀過《洛賓荷德》的民謠禁不住愛那群綠林的豪客，讀過擺倫的詩 The Corsair 大約也不免要愛那海賊了。

我們如再讀得駁雜一點，科耳西加島的亡命（Bandit）和希臘的山盜（Klephtes）也將成為我們的老朋友，就是梁山泊的忠義堂在施耐庵的口中似乎覺得也比任何衙門都要好一點。但是，書房裡的空想與現實是別一回事，無論怎樣崇拜英雄的人，決不願意在路上遇見「背娘舅」在水上吃「板刀麵」，正如《水滸》的愛讀者不會願被拉到抱犢固上去過夜。

講到日本的海賊，尤其使人驚悚，因為在滿兵未殺進關來之前，他們曾經來拜訪過許多海口，像我那海邊的故鄉還留下好些蹤跡。我幼時看張宗子的《于越三不朽圖贊》，見有一幅是姚長子，當初以為這一定是姚家的大少爺，所以這樣的稱法，後來才知道這應讀作 Yau dzangtzeh，是一個窮民，以身長得此諢名（真名因此不傳），遇倭寇之難成為義民。本來家有貞節即表示家門之不幸，國有義烈亦足徵國民之受難，姚長子得入於不朽之列，即此可以想見當時海賊深入的情形了。

這是四百年以前的事了，那時日本正是足利幕府的後半，綱維不振，所以有這樣事情，現在維新之後，一躍而為頭等文明強國，政府又正在禁止研究社會科學以維持治安，昔日野蠻餘風無留遺，海賊這兩個字已成為歷史上的名詞了。

有些人到中國來，賣一點衛生的金丹和護身的黑鐵給我們，或者到森林裡提倡一點武士道，那是有的，不過這都是有名譽的浪人，決沒有一個海賊。總之，乾脆的說一句，日本的海賊這一個俗語是應該取消的了。——然而，前天看日本報忽然見到「海賊江連」判決的記事，令我愕然。仔細想了一會，總算想起來了。前年還不知道是前前年，有所謂大輝丸事件發生：江連力一郎等三十三人奪取大輝丸商船，把船上的中國朝鮮俄國的乘客都慘殺了。

據說殺法都不一樣，有的用槍放，有的用刀劈。支那人，露助，以及唷波們，這拿來試日本刀倒真是很好的，也是江連這樣劍師的本色；日本人中有不敢劈的，則由勇士們批其頰以懲戒之激勵之。在現在不公平的法律面前，這不得不姑稱為海賊行為，雖然江連實在是一個大好漢，志士，或者如他所自稱的「國士」：在日本的國士眼中，東亞人算不得是人，俄國又是夷人兼廟街事件的仇敵，砍掉十幾個試試刀，活活脈絡，這算什麼？這不過是武士道的一點活動罷了。

日本是法治的文明國，聽見了這件事到底不能沉默，於是開始查辦了。一干人犯都已拘到，查了又查，審了又審，花了一年以上的光陰，於本年二月二十七日遂在東京地方審判廳判決。照我們半開化的思想推測，至少江連一個總應該正法了，殊不知這是近於野蠻的思想，在文明國是決沒有的。慘殺十四個外國乘客的海賊首魁江連力一郎判處徒刑十二年！於是聽審的群眾立刻歡呼曰「名裁判，名裁判！」

是的，這並算不得重，但也似乎不能說輕了，因為有國際的關係所以不好再輕，然而未免有點對不起武士道與國士吧。鈴辨事件的山田憲伏了法了，大逆的難波大助更不用說，不過這是別一類的事情，或者應該與甘粕憲兵大尉並論才對。甘粕似乎刑期已經減得很短（現在聽說已暗地放免了，六月補注。）江連的刑期或者未免比較的太長了，雖然將來自然也會赦免。——關於這些忠義之士的命運自有縱橫俱樂部等國民團體替他照顧，生前贍家，死後造銅像，不勞我們操心；我所擱在心中不能忘記的只是日本有海賊戕殺多人，而他又是國士，只判一個徒刑，而民眾頌揚為名裁判。我以前覺得在日本旅行比中國安全，此後卻不能沒有戒心，即使未必有夜過臨城的那樣危險，也總覺得處處有日本刀之光影在。

然而日本畢竟把海賊江連判了十二年的徒刑，我們中國人不能不佩服而且慚愧。

（十四年三月）

我們的敵人

我們的敵人是什麼？不是活人，乃是野獸與死鬼，附在許多活人身上的野獸與死鬼。

小孩的時候，聽了《聊齋志異》或《夜談隨錄》的故事，黑夜裡常怕狐妖殭屍的襲來；到了現在，這種恐怖是沒有了，但在白天裡常見狐妖殭屍的出現，那更可怕了。在街上走著，在路旁站著，看行人的臉色，聽他們的聲音，時常發見妖氣，這可不是「畫皮」麼？誰也不能保證。我們為求自己安全起見，不能不對他們為「防禦戰」。

有人說，「朋友，小心點，像這樣的神經過敏下去，怕不變成瘋子，——

或者你這樣說，已經有點瘋意也未可知。」不要緊，我這樣寬懈的人那裡會瘋呢？看見別人便疑心他有尾巴或身上長著白毛，的確不免是瘋人行徑，在我卻不然，我是要用了新式的鏡子從人群中辨別出這些異物而驅除之。

而且這法子也並不煩難，一點都沒有什麼神秘：我們只須看他，如見了人便張眼露齒，口咽唾沫，大有拿來當飯之意，則必是「那件東西」，無論他在社會上是稱作天地君親師，銀行家，拆白黨或道學家。

據達爾文他們說，我們與虎狼狐狸之類講起來本來有點遠親，而我們的祖先無一不是名登鬼籙的，所以我們與各色鬼等也不無多少世誼。這些話當然是不錯的，不過遠親也好，世誼也好，他們總不應該借了這點瓜葛出來煩擾我們。

諸位遠親如要講親誼，只應在山林中相遇的時節，拉拉鬍鬚，或搖搖尾巴，對我們打個招呼，不必戴了枯髏來夾在我們中間廝混；諸位世交也應恬靜的安息在草葉之陰，偶然來我們夢裡會晤一下，還算有點意思，倘若像現在這樣化作「重來」（Revenants），居然現形於化日光天之下，那真足以駭人視聽了。他們既然如此胡為，要來侵害我們，我們也就不能再客氣了，我們只好憑了正義人道以及和平等等之名來取防禦的手段。

聽說昔者歐洲教會和政府為救援異端起見，曾經用過一個很好的方法，便是將他們的肉體用一把火燒了，免得他的靈魂去落地獄。這實在是存心忠厚的辦法，只可惜我們不能採用，因為我們的目的是相反的；我們是要從這所依附的肉體裡趕出那依附著的東西，所以應得用相反的方法。

我們去拿許多桃枝柳枝，荊鞭蒲鞭，盡力的抽打面有妖氣的人的身體，務期野獸幻化的現出原形，死鬼依託的離去患者，留下借用的軀殼，以便招尋失主領回。

這些趕出去的東西，我們也不想「聚而殲旃」，因為「嗖」的一聲吸入瓶中用丹書封好重湯煎熬，這個方法現在似已失傳，至少我們是不懂得用，而且天下大矣，萬牲百鬼，汗牛充棟，實屬辦不勝辦，所以我們敬體上天好生之德，並不窮追，只要獸走於壙，鬼歸其穴，各安生業，不復相擾，也就可以罷手，隨他們去了。

至於活人，都不是我們的敵人，雖然也未必全是我們的友人。——實在，活人也已經太少了，少到連打起架了也沒有什麼趣味了。等打鬼打完了之後

（假使有這一天），我們如有興致，喝一碗酒，捲捲袖子，再來比一比武，也好罷。（比武得勝，自然有美人垂青等等事情，未始不好，不過那是《劫後英雄略》的情景，現在卻還是《西遊記》哪。）

（十三年十二月）

十字街頭的塔

廚川白村著有兩本論文集，一本名「出了象牙之塔」，又有一本名為「往十字街頭」，表示他要離了純粹的藝術而去管社會事情的態度。我現在模仿他說，我是在十字街頭的塔裡。

我從小就是十字街頭的人。我的故里是華東的西朋坊口，十字街的拐角有四家店鋪，一個麻花攤，一爿矮癩胡所開的泰山堂藥店，一家德興酒店，一間水果店，我們都稱這店主人為華陀，因為他的水果奇貴有如仙丹。

以後我從這條街搬到那條街，吸盡了街頭的空氣，所差者只沒有在相公殿裡宿過夜，因此我雖不能稱為道地的「街之子」，但總是與街有緣，並不是非戴上耳朵套不能出門的人物，我之所以喜歡多事，缺少紳士態度，大抵即由於此，從前祖父也罵我這是下賤之相。話雖如此，我自認是引車賣漿之徒，卻是要亂想的一種，有時想掇個凳子坐了默想一會，不能像那些「看看燈的」人們長站在路旁，所以我的卜居不得不在十字街頭的塔裡了。

說起塔來，我第一想到的是故鄉的怪山上的應天塔。據說琅琊郡的東武山，一夕飛來，百姓怪之，故曰怪山，後來怕它又要飛去，便在上邊造了一座塔。開了前樓窗一望，東南角的一幢塔影最先映到眼裡來，中元前後塔上滿點著老太婆們好意捐助去照地獄的燈籠，夜裡望去更是好看。可惜在宣統年間塔竟因此失了火，燒得只剩了一個空殼，不能再容老太婆上去點燈籠了。

十年前我曾同一個朋友去到塔下徘徊過一番，拾了一塊斷磚，磚端有陽文楷書六字，曰「護國禪師月江」，——終於也沒有查出這位和尚是什麼人。

但是我所說的塔，並不是那「窣堵波」，或是「救人一命勝造七級浮圖」的那件東西，實在是像望臺角樓之類，在西國稱作——用了大眾歡迎的習見的音義譯寫出來——「塔圍」的便是；非是異端的，乃是帝國主義的塔。

浮圖裡靜坐默想本頗適宜，現在又什麼都正在佛化，住在塔裡也很時髦，不過我的默想一半卻是口實，我實在是想在喧鬧中得安全地，有如前門的珠寶店之預備著鐵門，雖然廊房頭條的大樓別有禳災的象徵物。我在十字街頭久混，到底還沒有入他們的幫，擠在市民中間，有點不舒服，也有點危險（怕被他們擠壞我的眼鏡），所以最好還是坐在角樓上，喝過兩斤黃酒，望著馬路吆喝幾聲，以出胸中悶聲，不高興時便關上樓窗，臨寫自己的《九成宮》，多麼自由而且寫意。

寫到這裡忽然想起歐洲中古的民間傳說，木板畫上表出哈多主教逃避怨鬼所化的鼠妖，躲在荒島上好像大煙通似的磚塔內，露出頭戴僧冠的上半身在那裡著急，一大隊老鼠都渡水過來，有一隻大老鼠已經爬上塔頂去了，——後來這位主教據說終於被老鼠們吃下肚去。你看，可怕不可怕？這樣說來，似乎那種角樓又不很可靠了。

但老鼠可進，人則不可進，反正我不去結怨於老鼠，也就沒有什麼要緊。我再想到前門外鐵柵門之安全，覺得我這塔也可以對付，倘若照雍濤先生的格言亭那樣建造，自然更是牢固了。

別人離了象牙的塔走往十字街頭，我卻在十字街頭造起塔來住，未免似乎取巧罷？我本不是任何藝術家，沒有象牙或牛角的塔，自然是站在街頭的了，然而又有點怕累，怕擠，於是只好住在臨街的塔裡，這是自然不過的事。只是在現今中國這種態度最不上算，大眾看見塔，便說這是智識階級（就有罪），紳士商賈見塔在路邊，便說這是黨人（應取締）。

不過這也沒有什麼妨害，還是如水竹村人所說「聽其自然」，不去管它好罷，反正這些閒話都靠不住也不會久的。老實說，這塔與街本來並非不相干的東西，不問世事而縮入塔裡原即是對於街頭的反動，出在街頭說道工作的人也仍有他們的塔，因為他們自有其與大眾乖戾的理想。總之，只有預備跟著街頭的群眾去瞎撞胡混，不想依著自己的意見說一兩句話的人，才真是沒有他的塔。所以我這塔也不只是我一個人有，不過這個名稱是由我替他所取的罷了。

（十四年二月）

上下身

「戈丹的三個賢人，
坐在碗裡去漂洋去。
他們的碗倘若牢些，
我的故事也要長些。」
——英國兒歌

人的肉體明明是一整個（雖然拿一把刀也可以把他切開來），背後從頭頸到尾閭一條脊椎，前面從胸口到「丹田」一張肚皮，中間並無可以卸拆之處，而吾鄉（別處的市民聽了不必多心）的賢人必強分割之為上下身，——大約是以肚臍為界。上下本是方向，沒有什麼不對，但他們在這裡又應用了大義名分的大道理，於是上下變而為尊卑，邪正，淨不淨之分了：上身是體面紳士，下身是「該辦的」下流社會。

這種說法既合於聖道，那麼當然是不會錯的了，只是實行起來卻有點為難。不必說要想攔腰的「關老爺一大刀」分個上下，就未免斷送老命，固然斷乎不可，即使在該辦的範圍內稍加割削，最端正的道學家也決不答應的。平常沐浴時候（幸而在賢人們這不很多），要備兩條手巾兩隻盆兩桶水，分洗兩個階級，稍一疏忽不是連上便是犯下，紊了尊卑之序，深於德化有妨，又或坐在高凳上打盹，跌了一個倒栽蔥，更是本末倒置，大非佳兆了。由我們愚人看來，這實在是無事自擾，一個身子站起睡倒或是翻個筋斗，總是一個身子，並不如豬肉可以有里脊五花肉等之分，定出貴賤不同的價值來。吾鄉賢人之所為，雖曰合於聖道，其亦古代蠻風之遺留歟。

有些人把生活也分作片段，僅想選取其中的幾節，將不中意的梢頭棄去。

這種辦法可以稱之曰抽刀斷水，揮劍斬雲。生活中大抵包含飲食，戀愛，生育，工作，老死這幾樣事情，但是聯結在一起，不是可以隨便選取一二的。有人希望長生而不死，有人主張生存而禁欲，有人專為飲食而工作，有人又為工作而飲食，這都有點像想齊肚臍鋸斷，釘上一塊底板，單把上半身保留起來。

比較明白而過於正經的朋友則全盤承受而分別其等級，如走路是上等而睡覺是下等，吃飯是上等而飲酒喝茶是下等是也。我並不以為人可以終日睡覺或用茶酒代飯吃，然而我覺得睡覺或飲酒喝茶不是可以輕蔑的事，因為也是生活之一部分。

百餘年前日本有一個藝術家是精通茶道的，有一回去旅行，每到驛站必取出茶具，悠然的點起茶來自喝。有人規勸他說，行旅中何必如此，他答得好，「行旅中難道不是生活麼。」這樣想的人才真能尊重並享樂他的生活。

沛德（W．Pater）曾說，我們生活的目的不是經驗之果而是經驗本身。正經的人們只把一件事當作正經生活，其餘的如不是不得已的壞癖氣也總是可有可無的附屬物罷了：程度雖不同，這與吾鄉賢人之單尊重上身（其實是，不必細說，正是相反），乃正屬同一種類也。

戈丹（Gotham）地方的故事恐怕說來很長，這只是其中的一兩節而已。

（十四年二月）

黑背心

我不知怎地覺得是生在黑暗時代，森林中虺蜴虎狼之害總算是沒有了，無形的鬼魅卻仍在周圍窺伺，想吞吃活人的靈魂。我對於什麼民有民享，什麼集會言論自由，都沒有多大興趣，我所覺得最關心的乃是文字獄信仰獄等思想不自由的事實。

在西洋文化史裡中古最牽引我的注意，宗教審問所的「信仰行事」（Auto da fe）嘍，滿畫火焰與鬼的黑背心（Sambenito）嘍，是我所頂心愛的事物，猶如文明紳士之於交易所的消息。不過雖有這個嗜好而很難得滿足，在手頭可以翻閱的只是柏利（Bury）教授的《思想自由史》和洛柏孫（Robertson）的《古今自由思想小史》等，至於素所羨慕的黎（H・Lea）氏的《中古及西班牙宗教審問史》則在此刻「竭誠枵腹」的時候無緣得見，雖然在南城書店的塵封書架上看見書背金字者已逾十次，但終未曾振起勇氣抽出一卷來看它一看。

日本廢姓外骨的《筆禍史》早看過了，雖有些離奇的地方，不能算什麼，倘若與中國相比。在內田魯庵的《貘之舌》裡見到一篇講迫害基督教徒的文章，知道些十七世紀時日本政府對於所謂邪宗門所用的種種毒奇的刑法，但是很略，據說有公教會發行的《鮮血遺書》及《公教會之復活》兩書紀載較詳，卻也弄不到手。

最近得到姊崎正治博士所著《切支丹宗門之迫害及潛伏》，知道一點迫害者及被迫害者的精神狀態，使我十分高興。切支丹即「南蠻」（葡萄牙）語Christan的譯音，還有吉利支丹，鬼理死丹，切死丹等等譯法，現代紀述大都採用這個名稱，至於現今教徒則從英語稱Christian了。

書中有幾章是轉錄當時流傳的鼓勵殉道的文書，足以考見教徒的心情，固然很可寶重，但特別令我注意的是在禁教官吏所用的手段。其一是恩威並用，大略像雍正之對付曾靜，教門審問記錄第七種中有這一節話可供參考：

「先前一律處斬，掛殺或火焚之時，神甫仍時時渡來，其後改令棄教，歸依日本佛教，安置小日向切支丹公所內，賞給妻女，神甫則各給十人口糧，賜銀百兩，訊問各項事情，有不答者即付拷問，自此以後教徒逐漸減少。」

如義大利人約瑟喀拉（Giuseppe Chiara）棄教後入淨土宗，納有司所賜死刑囚之妻，承受其先夫的姓名曰岡本三右衛門，在教門審問處辦事，死後法號入專淨真信士，即其一例。

其二是零碎查辦，不用一網打盡的方法。教門審問記錄第五種中有一條云，「如有人告密，舉發教徒十人者，其時應先捕三人或五人查辦，不宜一舉逮捕十人。但『有特別情形之時』應呈請指示機宜辦理。」不過這只是有司手段之圓滑，在被迫害者其苦痛或更甚於一網打盡，試舉葛木村權之丞妻一生三十三年中的大事，可以想見這是怎樣的情形。

其三是利用告密。

據延寶二年（一六七四）所出賞格，各項價目如下：

這種手段雖然一時或者很有成效，但也擔負不少的犧牲，因為這惡影響留下在國民道德上者至深且大。在中國則現今還有些人實行此策，恬不為怪，戰爭時的反間收買，或互出賞格，不必說了，就是學校鬧潮的時候，校長也常用些小手段，「釜底抽薪」，使多數化為少數，然而學風亦因此敗壞殆盡。還有舊式學校即在平時也利用告密，使學生互相偵察秘密報告於監督，則尤足以使學生品格墮落。

據同鄉田成章君說他有一個妹子在一教會女校讀書，校規中便有獎勵學生告密的文句，此真是與黑暗時代相稱之辦法。

我們略知清朝誅除大逆之文字獄的事蹟，但是排斥異端之禁教事件卻無從去查考，我覺得這是很可惜的。如有這樣的一部書出現，我當如何感激，再有一部佛教興廢史那自然是更好了。讀《弘明集》《佛道論衡》等書，雖是一方面之言，也已給與我們不少的趣味與教訓，若有系統的學術的敘述，其益豈有限量，我願豫約地把它寫入「青年必讀書」十部之內了。

我覺得中國現在最切要的是寬容思想之養成。此刻現在決不是文明世界，實在還是二百年前黑暗時代，所不同者以前說不得甲而現今則說不得乙，以前是皇帝而現今則群眾為主，其武斷專制卻無所異。我相信西洋近代文明之精神只是寬容，我們想脫離野蠻也非從這裡著力不可。著力之一法便是參考思想爭鬥史，從那裡看出迫害之愚與其罪惡，反抗之正當，而結果是寬容之必要。昔羅志希君譯柏利的《思想自由史》登在《國民公報》上，因赴美留學中輟，時時想起，深覺得可惜，不知他回國後尚有興致做這樣工作否？我頗想對他勸進，像他勸吳稚暉先生似的。

（十四年六月）

托爾斯泰的事情

一兩個月前中國報上載，托爾斯泰著作被俄國社會主義政府禁止，並且毀書造紙，改印列寧著書云。當初大家不肯相信，還有些人出力辯護，所以我也以為又是歐美帝國的造謠，但是近來據俄國官場消息，禁止乃是確實的，不過拿去造還魂紙與否是個疑問罷了。

在信奉一樣東西為天經地義的群眾中間，這類的事是可以有的，本來不足為奇，托爾斯泰著作之被殘毀也並不始於今日，我們不必代為不平；我因此事而想起，想略略一談的乃是別一個托爾斯泰的事情。

所謂別一個者即是亞力舍托爾斯泰（Aleksei Tolstoi，1817—1875）。他是詩人戲劇家，又作小說，最有名的是《銀公爵》（Kniaz Serebriannyi），——十六七年前我曾譯為古文，寄給上海書鋪，回信說他們也已譯出，退了回來；後來有一部《不測之威》出現，據說即是此書，我的譯本經人家拿去看，隨後就遺失了。這是他的著作與中國相關的一點因緣，除此以外我們便不知道什麼了。

近來看德國該倍耳（Koebel）博士的小品文集，才略知托爾斯泰的思想，使我發生很大的敬意。

一八七四年義大利具倍耳那帖思（Gubernatis）教授要編一種列傳體文人辭典，徵求各人的自敘略歷，托爾斯泰的答書中說，「簡短而自憙的答覆你一句，使能知道我在俄國文學上的位置。我被一部分的人所迫害，又被別一部分的人所愛好。此外還有奇怪的事情。一方面我被目為政治上的逆行者，別一方面在有威權的社會裡又幾乎以我為革命家！」

他在後面又說明道，「我的著作裡的倫理的基調以及根本情調，可以簡單的說，在於表示——一方面對於專制政治的憎惡，別一方面對於努力提高惡劣而抑下優良之偽自由主義的憎惡。這二重的憎惡使我對於一切壓制專斷，無論在什麼境地，用什麼形式與名義，都表示反對。」

我們相信立在文化最高處的精神上之貴族主義者，其主張不外對於一切壓制專斷的憎惡與反抗，那麼這亞力舍托爾斯泰真是可以景仰的人，而且由我看來似乎比那禁欲的老弟還要可親了。

達爾文的《人種由來》譯成俄文的時候，檢查官想禁止它的出版，因為達爾文所說與聖書的摶土成人不同。托爾斯泰聽見這個資訊，便寫了一封又詼諧又嚴正的信給檢查局長郎吉諾夫（Mikhal Longinov），其文曰：

「密哈耳兄，聽說達爾文的學說使你非常驚愕懊惱，至於想禁止它的翻譯傳播，這件事是真的麼？請你容我說一句話。密哈耳兄，你仔細的想一想吧！足下的後面未必長著一條尾巴，那麼對於在大洪水以前或者有過也未可知的事情為什麼這樣的著急呢？

「人類這種東西，他所做的或者只在播種罷了，對於這種子裡出來的果實他是不負責任的。哥白尼之說已經與摩西不同了，在足下——對於古希伯來傳說同我的老乳母一樣地抱著畏敬之念的足下看來，那麼伽里勒也非由檢查局禁止不可。但是倘若聽從理性的呼聲，承認一切學問不能忍受如何的禁制，須在完全自由之下才能繁盛，足下有什麼權利可以宣布禁止呢？創世之時你曾在場麼？

「為什麼人類一定不能逐漸的變成現在的形狀呢？足下又未必想對於造物主的工作指示他比這個更好的方法吧。神怎樣地工作，怎樣地創造，為什麼創造，又正是那樣地創造而不是別樣的，這些事情即使是檢查局長也到底不能知道。但是以我所知，並且欲對足下一言者，即以達爾文為異端而加以迫害，反將使足下多少有異端氣味是也。何則？主張除了《創世記》所說的方法以外不能造人類者亦異端也，而且比達爾文更是惡性的異端。這豈不就是限制神之全知全能麼？好像是說神不得不那樣地造人類，而且不能用別的方法去造！

「朋友，這個結論很是明瞭，於檢查官之足下更特是危險。蓋足下因此始創不信任神的主屬性之惡例，且因此頗有為教會所罰之虞，恐非在極邊的修道院裡挨過服役年限不可吧。

「或者生為人類的足下之威嚴因為達爾文的猿猴說而感到侮辱麼？在我個人看來，土塊的祖先也並不見得比猿猴更為高貴。——

「但是這些都暫且不說，達爾文在那裡胡說亂道或者是有的，惟因此去迫害他，這實在是百倍的胡鬧而且可惡。又或者你從他的學說裡看出虛無主義的旗幟麼？這真奇了！虛無主義與達爾文有什麼相同之點，這兩者豈不是相反的麼？達爾文想把我們從動物狀態提高到人的境地來，虛無主義者則想把人間抑下到動物狀態去，他們自己就是猿猴說的活證據。

「在他們的性質與粗暴的動作裡，可以看出隔世遺傳之最明瞭的徵候。他們現在已是污穢愚笨無恥傲慢疏忽，要咬人，倘再進一步，這個復歸於動物狀態的事業便成功了。——女人，牧師的妻與女兒也都研究起達爾文來了，這件事足下也不必怎麼著急。那也只是與穿了王侯的衣裳儼然闊步的傢伙同一種類的猿猴罷了。這個罪也並不在達爾文身上，密哈耳兄，聽我的話，不要生氣，不要為了那發瘋似的牧師的女兒們的緣故去迫害達爾文吧！

「好朋友呵，還有一句話要告訴你。我們俄國人並不是有支那的萬里長城那樣東西把我們從別的國民隔離開來，所以不管你鎖住了門，學問還是一聲不響地侵進我國裡來。學問這件東西，真是大膽的，他並不顧慮你檢查局的決議與禁止，還是散佈出他的光明。所以，好朋友呵，你想迫脅他，拿了用舊了的木塞想來阻止他的潮流，你是決不會成功的呵！」

後來達爾文的書居然不曾禁止，據許多人推測，與這封信多少有點關係。我們固然景仰托爾斯泰的胸懷寬大，但也不能不佩服密哈耳局長之還有一點知識也。

俄國人是宗教的國民。現在制度改變了，神，聖書，據說是不相信了，但這不過是沒有那舊的一套罷了。新的密哈耳局長還在那檢查局裡決議，禁止，這回輪到托爾斯泰老弟的身上，我們方才知道。所依據的是什麼呢？神，聖書，當然是；不過這當然是新的一套了。這並不足奇，而且是別人家的事，與我們有什麼相干；我們還是講自己的事吧。

中國人是——非宗教的國民。他與別國人的相差只在他所信奉的是護符而非神，是宗教以前的魔術，至於宗教的狂熱則未必更少。他能比俄國好麼？我即使十分愛國也萬不敢說。愛和平，寬容，這都是自己稱讚的話，我卻不敢附和。我覺得中國人的大病在於喜歡服從與壓制，最缺乏的是對於一切專制之憎惡。俄國有密哈耳局長，也有亞力舍托爾斯泰，中國則滿街都是密哈耳局長

（而沒有那一點的知識），所以我對於俄國的禁止事件不敢怎麼批評，還是我們自己趁還可以說一兩句話的時候好好地利用這個機會吧。

亞力舍托爾斯泰信中的虛無主義者當然與克魯巴金《自敘傳》裡所說的不是一類。自《父與子》至《蒼白馬》中所描寫的英雄，即使不是可愛，也總是可敬的人，然而天下之魚目恆多於真珠，所以虛無主義遂幾乎被猿猴所專賣了。托爾斯泰的地位正如庚子年的聶士成，實在很可同情，現在那位老弟尚且禁止，那麼他的文集或者早已做了粗紙了吧。

十四年二月五日。

大人之危害及其他

本月十日泰戈爾第二次講演，題云「The Rule of the Giant and the Giant Killer」，據《晨報》第六板說「譯意當為管理大人之方法及大人之危害」。

我對於泰戈爾完全是門外漢，那一天也不曾去聽，所以不能說他的演講的意思到底是什麼，但據常識上看來，這個題目明明是譬喻的，大約是借用童話裡的典故；這種「巨人」傳說各國都有，最顯著的是英國三歲孩子所熟知的「殺巨人的甲克」（「Jack the Giant Killer」）的故事。

從報上摘記的講演大意看來，泰戈爾的意思彷彿是將巨人來比物質主義，而征服巨人的是精神文明。所以這題目似乎應當為「巨人的統治與殺巨人者」。不過我是一個外行，用了小孩子的「大頭天話」來解釋「詩聖」的題目，當然不免有點不能自信，要請大家加以指教。

復次，關於反對泰戈爾的問題我也有一點小意見。我重複的說過，我是不懂泰戈爾的（說也見笑，雖然買過他的幾部書），所以在反對與歡迎兩方面都不加入。我覺得地主之誼的歡迎是應該的，如想借了他老先生的招牌來發售玄學便不正當，至於那些擁護科學的人群起反對，雖然其志可嘉，卻也不免有點神經過敏了。

我們說借招牌賣玄學是不正當，也只是說手段的卑劣，並不相信它真能使中國玄化。思想的力量在群眾上面真可憐地微弱，這雖在我們不很懂唯物史觀的人也是覺得的。佛教來了二千年，除了化成中國固有的拜物教崇拜以外還有什麼存留，只剩了一位梁漱溟先生還在讚揚向後轉的第三條路，然而自己也已過著孔家生活，餘下一班佛化的小居士，卻又認「外道」的梵志為佛法的「母親」了。

這位梵志泰翁無論怎麼樣了不得，我想未必能及釋迦文佛，要說他的講演於將來中國的生活會有什麼影響，我實在不能附和，——我懸揣這個結果，不過送一個名字，刊幾篇文章，先農壇真光劇場看幾回熱鬧，素菜館洋書鋪多一點生意罷了，隨後大家送他上車完事，與杜威羅素（杜里舒不必提了）走後一樣。然而目下那些熱心的人急急皇皇奔走呼號，好像是大難臨頭，不知到底怕的是什麼。當時韓文公揮大筆，作《原道》，諫佛骨，其為國為民之心固可欽佩，但在今日看來不過是他感情用事的鬧了一陣，實際於國民生活思想上沒有什麼好處。

我的朋友某君說，天下除了白癡與老頑固以外，沒有人不是多少受別人的影響，但也沒有人會完全地跟了別人走的。現在熱心的人似乎怕全國的人會跟了泰翁走去，這未免太理想了。中國人非常自大，卻又非常自輕，覺得自己只是感情的，沒有一點理知與意志，一遇見外面的風浪，便要站立不住，非隨波逐流而去不可。

我不是中國的國粹派，但不相信中國人會得如此不堪，如此可憐地軟弱，我只是反對地悟得中國人太頑固，不易受別人的影響。倘若信如大家所說，中國遇見一點異分子便要「隔遏它向上的機會」，那麼這種國民便已完全地失了獨立的資格，只配去做奴隸，更怨不得別人。中國人到底是那一種，請大家自己去定罷。

現在思想界的趨勢是排外與復古，這是我三年前的預料，「不幸而吾言中」，竺震旦先生又不幸而適來華，以致受「驅象團」的白眼，更真是無妄之災了。

（十三年五月）

藹理斯的話

藹理斯（Havelock Ellis）是我所最佩服的一個思想家，但是他的生平我不很知道，只看他自己說十五歲時初讀斯溫朋（Swinburne）的《日出前之歌》，計算大約生於一八五六年頃。

我最初所見的是他的《新精神》，係司各得叢書之一，價一先令，近來收在美國的「現代叢書」裡。其次是《隨感錄》及《斷言》。這三種都是關於文藝思想的批評，此外有兩性，犯罪，以及夢之研究，是專門的著述，都處處有他的對於文化之明智的批判，也是很可貴的，但其最大著作總要算是那六冊的《性的心理研究》。

這種精密的研究或者也還有別人能做，至於那樣寬廣的眼光，深厚的思想，實在是極不易得。我們對於這些學問原是外行人，但看了他的言論，得到不少利益，在我個人總可以確說，要比各種經典集合起來所給的更多。但是這樣的思想，在道學家的群眾面前，不特難被理解，而且當然還要受到迫害，所以這研究的第一卷出版，即被英國政府禁止發賣，後來改由美國的一個醫學書局發行，才算能夠出版。

這部大著當然不是青年的讀物，唯在常識完具的成人，看了必有好處；道學家在中國的流毒並不小於英國的清教思想，所以健全思想之養成是切要的事。

藹理斯排斥宗教的禁欲主義，但以為禁欲亦是人性之一分子；歡樂與節制二者並存，且不相反而實相成：人有禁欲的傾向，即所以防歡樂的過量，並即以增歡樂的程度。他在《聖芳濟與其他》一篇論文中曾說，「有人以此二者（即禁欲與耽溺）之一為其生活的唯一目的者，其人將在尚未生活之前早已死了。

有人先將其一推至極端，再轉而之他，其人才真能瞭解人生是什麼，日後將被紀念為模範的聖徒。但是始終尊重這二重理想者，那才是知生活法的明智的大師。……一切生活是一個建設與破壞，一個取進與付出，一個永遠的構成作用與分解作用的循環。要正當地生活，我們須得模仿大自然的豪華與其嚴肅。」

他在上邊又曾說道，「生活之藝術，其方法只在於微妙地混和取與捨二者而已」，很能簡明的說出這個意思。

在《性的心理研究》第六卷跋文末尾有這兩節話。

「有些人將以我的意見為太保守，有些人以為太偏激。世上總常有人很熱心的想攀住過去，也常有人熱心的想攫得他們所想像的未來。但是明智的人，站在二者之間，能同情於他們，卻知道我們是永遠在於過渡時代。在無論何時，現在只是一個交點，為過去與未來相遇之處；我們對於二者都不能有什麼爭向。不能有世界而無傳統；亦不能有生命而無活動。

「正如赫拉克來多思（Heraclitus）在現代哲學的初期所說，我們不能在同一川流中入浴二次，雖然如我們在今日所知，川流仍是不斷的回流。沒有一刻無新的晨光在地上，也沒有一刻不見日沒。最好是閒靜地招呼那熹微的晨光，不必忙亂的奔向前去，也不要對於落日忘記感謝那曾為晨光之垂死的光明。

「在道德的世界上，我們自己是那光明使者，那宇宙的順程即實現在我們身上。在一個短時間內，如我們願意，我們可以用了光明去照我們路程的周圍的黑暗。正如在古代火炬競走——這在路克勒丟思（Lucretius）看來似是一切生活的象徵——裡一樣，我們手裡持炬，沿著道路奔向前去。不久就要有人從後面來，追上我們。我們所有的技巧，便在怎樣的將那光明固定的炬火遞在他的手內，我們自己就隱沒到黑暗裡去。」

這兩節話我最喜歡，覺得是一種很好的人生觀。「現代叢書」本的《新精神》卷首，即以此為題詞（不過第一節略短些），或者說是藹理斯的代表思想亦無不可。

最近在《人生之舞蹈》的序裡也有相類的話，大意云，赫拉克來多思云人不能在同一川流中入浴二次，但我們實在不得不承認一連續的河流，有同一的方向與形狀。關於河中的常變不住的浴者，也可以同樣的說。「因此，世界不但有變化，亦有統一。多之差異與一之固定保其平均。此所以生活必為舞蹈，因為舞蹈正是這樣：永久的微微變化的動作，而與全體的形狀仍不相乖忤。」

（上邊的話，有說的不很清楚的地方，由於譯文詞不達意之故，其責全在譯

者。十三年二月）

承張崧年君指示，知道藹理斯是一八五九年生的，特補注於此。（十四年十月）

生活之藝術

契訶夫（Tchekhov）書簡集中有一節道（那時他在愛琿附近旅行），「我請一個中國人到酒店裡喝燒酒，他在未飲之前舉杯向著我和酒店主人及夥計們，說道『請』。這是中國的禮節。他並不像我們那樣的一飲而盡，卻是一口一口的啜，每啜一口，吃一點東西；隨後給我幾個中國銅錢，表示感謝之意。這是一種怪有禮的民族。……」

一口一口的啜，這的確是中國僅存的飲酒的藝術：乾杯者不能知酒味，泥醉者不能知微醺之味。中國人對於飲食還知道一點享用之術，但是一般的生活之藝術卻早已失傳了。

中國生活的方式現在只是兩個極端，非禁欲即是縱欲，非連酒字都不准說即是浸身在酒糟裡，二者互相反動，各益增長，而其結果則是同樣的汙糟。

動物的生活本有自然的調節，中國在千年以前文化發達，一時頗有臻於靈肉一致之象，後來為禁欲思想所戰勝，變成現在這樣的生活，無自由，無節制，一切在禮教的面具底下實行迫壓與放恣，實在所謂禮者早已消滅無存了。

生活不是很容易的事。動物那樣的，自然地簡易地生活，是其一法；把生活當作一種藝術，微妙地美地生活，又是一法：二者之外別無道路，有之則是禽獸之下的亂調的生活了。生活之藝術只在禁欲與縱欲的調和。

藹理斯對於這個問題很有精到的意見，他排斥宗教的禁欲主義，但以為禁欲亦是人性的一面；歡樂與節制二者並存，且不相反而實相成。人有禁欲的傾向，即所以防歡樂的過量，並即以增歡樂的程度。

他在《聖芳濟與其他》一篇論文中曾說道，「有人以此二者（即禁欲與耽溺）之一為其生活之唯一目的者，其人將在尚未生活之前早已死了。有人先將其一（耽溺）推至極端，再轉而之他，其人才真能瞭解人生是什麼，日後將被紀念為模範的高僧。但是始終尊重這二重理想者，那才是知生活法的明智的大師。……一切生活是一個建設與破壞，一個取進與付出，一個永遠的構成作用與分解作用的循環。要正當地生活，我們須得模仿大自然的豪華與嚴肅。」他又說過，「生活之藝術，其方法只在於微妙地混和取與捨二者而已，」更是簡明的說出這個意思來了。

生活之藝術這個名詞，用中國固有的字來說便是所謂禮。斯諦耳博士在《儀禮》序上說，「禮節並不單是一套儀式，空虛無用，如後世所沿襲者。這是用以養成自制與整飭的動作之習慣，唯有能領解萬物感受一切之心的人才有這樣安詳的容止。」從前聽說辜鴻銘先生批評英文「禮記」譯名的不妥當，以為「禮」不是Rite而是Art，當時覺得有點乖僻，其實卻是對的，不過這是指本來的禮，後來的禮儀禮教都是墮落了的東西，不足當這個稱呼了。中國的禮早已喪失，只有如上文所說，還略存於茶酒之間而已。

去年有西人反對上海禁娼，以為妓院是中國文化所在的地方，這句話的確難免有點荒謬，但仔細想來也不無若干理由。我們不必拉扯唐代的官妓，希臘的「女友」（Hetaira）的韻事來作辯護，只想起某外人的警句，「中國挾妓如西洋的求婚，中國娶妻如西洋的宿娼，」或者不能不感到「愛之術」（Ars

Amatoria）真是只存在草野之間了。我們並不同某西人那樣要保存妓院，只覺得在有些怪論裡邊，也常有真實存在罷了。

中國現在所切要的是一種新的自由與新的節制，去建造中國的新文明，也就是復興千年前的舊文明，也就是與西方文化的基礎之希臘文明相合一了。這些話或者說的太大太高了，但據我想捨此中國別無得救之道，宋以來的道學家的禁欲主義總是無用的了，因為這只足以助成縱欲而不能收調節之功。

其實這生活的藝術在有禮節重中庸的中國本來不是什麼新奇的事物，如《中庸》的起頭說，「天命之謂性，率性之謂道，修道之謂教，」照我的解說即是很明白的這種主張。不過後代的人都只拿去講章旨節旨，沒有人實行罷了。我不是說半部《中庸》可以濟世，但以表示中國可以瞭解這個思想。

日本雖然也很受到宋學的影響，生活上卻可以說是承受平安朝的系統，還有許多唐代的流風餘韻，因此瞭解生活之藝術也更是容易。在許多風俗上日本的確保存這藝術的色彩，為我們中國人所不及，但由道學家看來，或者這正是他們的缺點也未可知罷。

（十三年十一月）

笠翁與兼好法師

章實齋是一個學者，然而對於人生只抱著許多迂腐之見，如在《婦學篇書後》中所說者是。李笠翁當然不是一個學者，但他是瞭解生活法的人，決不是那些樸學家所能企及（雖然有些重男輕女的話也一樣不足為訓）。

《笠翁偶集》卷六中有這一節：

「人問，『執子之見，則老子不見可欲使心不亂之說不幾謬乎？』

予曰，『正從此說參來，但為下一轉語：不見可欲使心不亂，常見可欲亦能使心不亂。何也？人能屏絕嗜欲，使聲色貨利不至於前，則誘我者不至，我自不為人誘。——苟非入山逃俗，能若是乎？使終日不見可欲而遇之一旦，其心之亂也十倍於常見可欲之人，不如日在可欲中與此輩習處，則司空見慣渾閒事矣，心之不亂不大異於不見可欲而忽見可欲之人哉！老子之學，避世無為之學也；笠翁之學，家居有事之學也。』……」

這實在可以說是性教育的精義。「老子之學」終於只是空想，勉強做去，結果是如聖安多尼的在埃及荒野上胡思亂想，夢見示巴女王與魔鬼，其心之亂也十倍於常人。余澹心在《偶集》序上說，「冥心高寄，千載相關，深惡王莽王安石之不近人情，而獨愛陶元亮之閒情作賦」，真是極正確的話。

兼好法師是一個日本的和尚，生在十四世紀前半，正當中國元朝，作有一部隨筆名「徒然草」，其中有一章云：

「倘若阿太志野之露沒有消時，鳥部山之煙也無起時，人生能夠常住不滅，恐世間將更無趣味。人世無常，或者正是很妙的事罷。①

「遍觀有生，唯人最長生。蜉蝣及夕而死，夏蟬不知春秋。倘若優遊度日，則一歲的光陰也就很是長閒了。如不知厭足，那麼雖過千年也不過一夜的夢罷。

「在不能常住的世間，活到老醜，有什麼意思？『壽則多辱。』即使長命，在四十以內死了，最為得體。過了這個年紀，便將忘記自己的老醜，想在人群中胡混，到了暮年還愛戀子孫，希冀長壽得見他們的繁榮；執著人生，私欲益深，人情物理都不復瞭解，至可嘆息。」

這位老法師雖是說著佛老的常談，卻是實在瞭解生活法的。

曹慕管是一個上海的校長，最近在《時事新報》上發表一篇論吳佩孚的文章，這樣說道：

「關為後人欽仰，在一死耳。……吳以上將，位居巡帥，此次果能一死，教育界中拜賜多矣。」

死本來是眾生對於自然的負債，不必怎樣避忌，卻也不必怎樣欣慕。我們贊成兼好法師老而不死很是無聊之說，但也並不覺得活滿四十必須上吊，以為非如此便無趣味。曹校長卻把死（自然不是壽終正寢之類）看得珍奇，彷彿只要一個人肯「殺身成仁」，什麼政治教育等事都不必講，便能一道祥光，立刻把人心都擺正，現出一個太平世界。

這種死之提倡，實在離奇得厲害。查野蠻人有以人為犧牲祈求豐年及種種福利的風俗，正是同一用意。然在野蠻人則可，以堂堂校長而欲犧牲吳上將以求天降福利於教育界，則「將何以訓練一般之青年也乎，將何以訓練一般之青年也乎」！

（十三年十二月）

注釋

①阿太志野是墓地之名，鳥部山為火葬場所在地。

狗抓地毯

美國人摩耳（J·H·Moore）給某學校講倫理學，首五講是說動物與人之「蠻性的遺留」（Survival of Savage）的，經英國的唯理協會拿來單行出版，是一部很有趣味與實益的書。他將歷來宗教家道德家聚訟不決的人間罪惡問題都歸諸蠻性的遺留，以為只要知道狗抓地毯，便可瞭解一切。

我家沒有地毯，已故的老狗Ess是古稀年紀了，也沒力氣抓，但夏天寄住過的客犬Bona與Petty卻真是每天咕哩咕哩地抓磚地，有些狗臨睡還要打許多圈：這為什麼緣故呢？

據摩耳說，因為狗是狼變成的，在做狼的時候，不但沒有地毯，連磚地都沒得睡，終日奔走覓食，倦了隨地臥倒，但是山林中都是雜草，非先把它搔爬踐踏過不能睡上去；到了現在，有現成的地方可以高臥，用不著再操心了，但是老脾氣還要發露出來，做那無聊的動作。

在人間也有許多野蠻（或者還是禽獸）時代的習性留存著，本是已經無用或反而有害的東西了，唯有時仍要發動，於是成為罪惡，以及別的種種荒謬迷信的惡習。

這話的確是不錯的。我看普通社會上對於事不干己的戀愛事件都抱有一種猛烈的憎恨，也正是蠻性的遺留之一證。

這幾天是冬季的創造期，正如小孩們所說門外的「狗也正在打仗」，我們家裡的青兒大抵拖著尾巴回來，他的背上還負著好些的傷，都是先輩所給的懲創。人們同情於失戀者，或者可以說是出於扶弱的「義俠心」，至於憎恨得戀者的動機卻沒有這樣正大堂皇，實在只是一種咬青兒的背脊的變相，實行禁欲的或放縱的生活的人特別要干涉「風化」，便是這個緣由了。

還有一層，野蠻人都有生殖崇拜的思想，這本來也沒有什麼可笑，只是他們把性的現象看得太神奇了，便生出許多古怪的風俗。茀來則博士的《金枝》

（J・G・Frazer，The Golden Bough——我所有只是一卷的節本。據五六年前的《東方雜誌》說，這乃是二千年前希臘的古書，現在已經散逸云！）上講過「種植上之性的影響」很是詳細。（在所著Psyche's Task中亦舉例甚多。）

野蠻人覺得植物的生育的手續與人類的相同，所以相信用了性行為的儀式可以促進稻麥果實的繁衍。這種實例很多，在爪哇還是如此，歐洲現在當然找不到同樣的習慣了，但遺跡也還存在，如德國某地秋收的時候，割稻的男婦要同在地上打幾個滾，即其一例。

兩性關係既有這樣偉大的感應力，可以催迫動植的長養，一面也就能夠妨害或阻止自然的進行，所以有些部落那時又特別厲行禁欲，以為否則將使諸果不實，百草不長。社會反對別人的戀愛事件，即是這種思想的重現。雖然我們看出其中含有動物性的嫉妒，但還以對於性的迷信為重要分子，他們非意識地相信兩性關係有左右天行的神力，非常習的戀愛必將引起社會的災禍，殃及全群（現代語謂之敗壞風化），事關身命，所以才有那樣猛烈的憎恨。

我們查看社會對於常習的結婚的態度，更可以明瞭上文所說的非謬。普通人對於性的問題都懷著不潔的觀念，持齋修道的人更避忌新婚生產等的地方，以免觸穢：大家知道，宗教上的污穢其實是神聖的一面，多島海的不可譯的術語「太步」（Tabu）一語，即表示此中的消息。因其含有神聖的法力，足以損害不能承受的人物，這才把他隔離，無論他是帝王，法師，或成年的女子，以免危險，或稱之曰污穢，污穢神聖實是一物，或可統稱為危險的力。

社會喜歡管閒事，而於兩性關係為最嚴厲，這是什麼緣故呢？我們從蠻性的遺留上著眼，可以看出一部分出於動物求偶的本能，一部分出於野蠻人對於性的危險力的迷信。這種老祖宗的遺產，我們各人分有一份，很不容易出脫，但是藉了科學的力量，知道一點實在情形，使理知可以隨時自加警戒，當然有點好處。

道德進步，並不靠迷信之加多而在於理性之清明，我們希望中國性道德的整飭，也就不希望訓條的增加，只希望知識的解放與趣味的修養。科學之光與藝術之空氣，幾時才能侵入青年的心裡，造成一種新的兩性觀念呢？我們鑒於所謂西方文明國的大勢，若不是自信本國得天獨厚，一時似乎沒有什麼希望。然而說也不能不姑且說說耳。

（十三年十二月）

第四卷　人情之美

淨觀

日本現代奇人廢姓外骨（本姓宮武）在所著《猥褻與科學》（一九二五出版，非賣品）附錄《自著穢褻書目解題》中猥褻廢語辭彙項下注云：

「大正六年發行政治雜誌《民本主義》，第一號出去即被禁止，兼處罰金，且並表示以後每號均當禁止發行。我實在無可如何，於是動手編纂這書，自序中說，『我的性格可以說是固執著過激與猥褻這兩點，現在我所企畫的官僚政治討伐，大正維新建設之民本主義宣傳既被妨害窘迫，那麼自然的歸著便不得不傾於性的研究與神秘洩漏。此為本書發行之理由，亦即我天職之發揮也。』云云。」

著者雖然沒有明言，他的性情顯然是對於時代的一種反動，對於專制政治及假道學的教育的反動。

我不懂政治，所以這一方面沒有什麼話說，但在反抗假道學的教育一方面則有十二分的同感。外骨氏的著書，如關於浮世繪川柳以及筆禍賭博私刑等風俗研究各種，都覺得很有興味，唯最使我佩服的是他的所謂猥褻趣味，即對於禮教的反抗態度。

平常對於猥褻事物可以有三種態度，一是藝術地自然，二是科學地冷淡，三是道德地潔淨：這三者都是對的，但在假道學的社會中，我們非科學及藝術家的凡人所能取的態度只是第三種（其實也以前二者為依據），自己潔淨地看，而對於有不潔淨的眼的人們則加以白眼，嘲弄，以至於訓斥。

我最愛歐洲文藝復興時代的文人，因為他們有一種非禮法主義顯現於藝術之中，義大利的波加屈（Boccaccio）與法國的拉勃來（Rabelais）可為代表。

波加屈是藝術家，拉勃來則是藝術而兼科學家，但一樣的也都是道德家，《十日談》中滿漂著現世思想的空氣，大渴王（Pantagruel）故事更是猛烈地攻擊政教的聖殿，一面建設起理想的德勒瑪寺來。

拉勃來所以不但「有傷風化」，還有「得罪名教」之嫌，要比波加屈更為危險了。他不是狂信的殉道者，也異於冷酷的清教徒，他笑著，鬧著，披著猥褻的衣，出入於禮法之陣，終於沒有損傷，實在是他的本領。他曾象徵地說，「我生來就夠口渴了，用不著再拿火來烤。」他又說將固執他的主張，直到將要被人荼毗為止：這一點很使我們佩服，與我們佩服外骨氏之被禁止三十餘次一樣。

中國現在假道學的空氣濃厚極了，官僚和老頭子不必說，就是青年也這樣，如批評心琴畫會展覽雲，「絕無一幅裸體畫，更見其人品之高矣！」中國之未曾發昏的人們何在，為什麼還不拿了「十字架」起來反抗？我們當從藝術科學尤其是道德的見地，提倡淨觀，反抗這假道學的教育，直到將要被火烤了為止。

（十四年二月）

與友人論性道德書

雨村兄①：

長久沒有通信，實在因為太托熟了，況且彼此都是好事之徒，一個月裡總有幾篇文字在報紙上發表，看了也抵得過談天，所以覺得別無寫在八行書上之必要。但是也有幾句話，關於《婦人雜誌》的，早想對你說說，這大約是因為懶，拖延至今未曾下筆，今天又想到了，便寫這一封信寄給你。

我如要稱讚你，說你的《婦人雜誌》辦得好，即使是真話也總有後臺喝采的嫌疑，那是我所不願意說的，現在卻是別的有點近於不滿的意見，似乎不妨一說。

你的戀愛至上的主張，我彷彿能夠理解而且贊同，但是覺得你的《婦人雜誌》辦得不好，——因為這種雜誌不是登載那樣思想的東西。《婦人雜誌》我知道是營業性質的，營業與思想——而且又是戀愛！差的多麼遠？我們要談思想，三五個人自費賠本地來發表是可以的，然而在營業性質的刊物上，何況又是The LADIES' Journal……那是期期以為不可。

我們要知道，營業與真理，職務與主張，都是斷乎不可混同，你卻是太老實地「借別人的酒杯澆自己的塊壘」，雖不愧為忠實的婦女問題研究者，卻不能算是一個好編輯員了。

所以我現在想忠告你一聲，請你留下那些「過激」的「不道德」的兩性倫理主張預備登在自己的刊物上，另外重新依據營業精神去辦公家的雜誌，千萬不要再談為LADIES and gentlemen所不喜的戀愛；我想最好是多登什麼做雞蛋糕布丁杏仁茶之類的方法以及刺繡裁縫梳頭束胸捷訣，——或者調查一點纏腳法以備日後需要時登載尤佳。

白話叢書裡的《女誡注釋》此刻還可採取轉錄，將來讀經潮流自北而南的時候自然應該改登《女兒經》了。這個時代之來一定不會很遲，未雨綢繆現在正是時候，不可錯過。這種雜誌青年男女愛讀與否雖未敢預言，但一定很中那些有權威的老爺們的意，待多買幾本留著給孫女們讀，銷路不愁不廣。

即使不說銷路，跟著聖賢和大眾走總是不會有過失的，縱或不能說有功于世道人心而得到褒揚。總之我希望你劃清界限，把氣力賣給別人，把心思自己留起，這是酬世錦囊裡的一條妙計，如能應用，消災納福，效驗有如《波羅密多心咒》。

然而我也不能贊成你太熱心地發揮你的主張，即使是在自辦的刊物上面。我實在可嘆，是一個很缺少「熱狂」的人，我的言論多少都有點遊戲態度。我也喜歡弄一點過激的思想，撥草尋蛇地去向道學家尋事，但是如法國拉勃來（Rabelais）那樣只是到「要被火烤了為止」，未必有殉道的決心。好像是小孩踢球，覺得是頗愉快的事，但本不期望踢出什麼東西來，踢到倦了也就停止，並不預備一直踢到把腿都踢折，——踢折之後豈不還只是一個球麼？

我們發表些關於兩性倫理的意見，也只是自己要說，難道就希冀能夠於最近的或最遠的將來發生什麼效力！耶穌，孔丘，釋迦，梭格拉底的話，究竟於世間有多大影響，我不能確說，其結果恐不過自己這樣說了覺得滿足，後人讀了覺得滿足——或不滿足，如是而已。

我並非絕對不信進步之說，但不相信能夠急速而且完全地進步；我覺得世界無論變到那個樣子，爭鬥，殺傷，私通，離婚這些事總是不會絕跡的。我們的高遠的理想境到底只是我們心中獨自娛樂的影片。為了這種理想，我也願出力，但是現在還不想拚命。

我未嘗不想志士似的高唱犧牲，勸你奮鬥到底，但老實說我慚愧不是志士，不好以自己所不能的轉勸別人，所以我所能夠勸你的只是不要太熱心，以致被道學家們所烤。最好是望見白爐子留心點，暫時不要走近前去，當然也不可就改入白爐子炎黨，——白爐子的煙稍淡的時候仍舊繼續做自己的工作，千切不要一下子就被「烤」得如翠鳥牌香煙。

我也知道如有人肯擠出他的頭皮，直向白爐子的口裡鑽，或者也可以把它掀翻；不過，我重複地說，自己還拼不出，不好意思坐在交椅裡亂嚷，這一層要請你原諒。

上禮拜六晚寫到這裡，夜中我們的小女兒忽患急病，整整地忙了三日，現在雖然醫生聲明危險已過，但還需要十分慎重的看護，所以我也還沒有執筆的工夫，不過這封信總得寄出了，不能不結束一句。總之，我勸你少發在中國是尚早的性道德論，理由就是如上邊所說，至於青年黃年之誤會或利用那都是不成問題。這一層我不暇說了，只把陳仲甫先生一九二一年所說的話（《新青年》隨感錄一一七）抄一部分在後面：

青年底誤會

「『教學者如扶醉人，扶得東來西又倒。』現代青年底誤解，也和醉人一般。……你說婚姻要自由，他就專門把寫情書尋異性朋友做日常重要的功課。……你說要脫離家庭壓制，他就拋棄年老無依的母親。你說要提倡社會主義共產主義，他就悍然以為大家朋友應該養活他。你說青年要有自尊底精神，他就目空一切，妄自尊大，不受善言了。……」

你看，這有什麼辦法，除了不理它之外？不然你就是只講做雞蛋糕，恐怕他們也會誤解了，吃雞蛋糕吃成胃病呢！匆匆不能多寫了，改日再談。

十四年四月十七日，署名。

注釋

①時商務印書館辦有《婦女雜誌》，主編章錫琛（一八八九—一九六九）字雪村，浙江紹興人，與周作人、魯迅很熟。周作人這裡故意將《婦女雜誌》改稱《婦人雜誌》，又由「雪村」點化出「雨村」，似有暗示，又係杜撰虛設，是一種「遊戲筆墨」，周作人的友人錢玄同也常愛用。

與友人論懷鄉書

廢然兄：

蕭君文章裡的當然只是理想化的江南。凡懷鄉懷國以及懷古，所懷者都無非空想中的情景，若講事實一樣沒有什麼可愛。在什麼書中（《戀愛與心理分析》？）見過這樣一節話，有某甲妻甚兇悍，在她死後某甲懷念幾成疾，對人輒稱道她的賢慧，因為他忘記了生前的妻的兇悍，只記住一點點好處，逐漸放大以至佔據了心的全部。我們對於不在面前的事物不勝戀慕的時候，往往不免如此，似乎是不能深怪的。但這自然不能憑信為事實。

在我個人或者與大家稍有不同。照事實講來，浙東是我的第一故鄉，浙西是第二故鄉，南京第三，東京第四，北京第五。但我並不一定愛浙江。在中國我覺得還是北京最為愉快，可以住居，除了那春夏的風塵稍為可厭。

以上五處之中，常常令我懷念的倒是日本的東京以及九州關西一帶的地方，因為在外國與現實社會較為隔離，容易保存美的印象，或者還有別的原因。現在若中國則自然之美輒為人事之醜惡所打破，至於連幻想也不易構成，所以在史跡上很負盛名的於越在我的心中只聯想到毛筍楊梅以及老酒，覺得可以享用，此外只有人民之鄙陋澆薄，天氣之潮濕，苦熱等等，引起不快的追憶。

我生長於海邊的水鄉，現在雖不能說對於水完全沒有情愫，但也並不怎麼戀慕，去對著什剎海的池塘發怔。紹興的應天塔，南京的北極閣，都是我極熟的舊地，但回想起來也不能令我如何感動，反不如東京淺草的十二階更有一種親密之感，——前年大地震時倒坍了，很是可惜，猶如聽到老朋友家失火的消息，雷峰塔的倒掉只覺得失了一件古物。我這種的感想或者也不大合理亦未可知，不過各人有獨自經驗，感情往往受其影響而生變化，實在是沒法的事情。

在事實方面，你所說的努力用人力發展自然與人生之美，使它成為可愛的世界，是很對也是很要緊的。我們從理性上說應愛國，只是因為不把本國弄好我們個人也不得自由生存，所以這是利害上的不得不然，並非真是從感情上來的離了利害關係的愛。要使我們真心地愛這國或鄉，須得先把它弄成可愛的東西才行。

這一節所說的問題或者很有辯論的餘地（在現今愛國教盛行的時候），我也不預備來攻打這個擂臺，只是見了來信所說，姑且附述己見，表示贊同之意而已。

一九二五年五月七日。

與友人論國民文學書

木天兄：

承示你同伯奇兄的論國民文學的信，我覺得對於你們的意見能夠充分瞭解。傳道者說，「日光之下並無新事。」我想這本來也是很自然很平常的道理，不過是民族主義思想之意識地發現到文學上來罷了。

這個主張的理由明若觀火，一國的文學如不是國民的，那麼應當如何，難道可以是殖民的或遺老的麼？

無論是幸不幸，我們既生為中國人，便不自主地分有漢族的短長及其運命。我們第一要自承是亞洲人（「Asiatics」！）中之漢人，拼命地攻上前去，取得在人類中漢族所應享的幸福，成就所能做的工作，——倘若我們不自菲薄，不自認為公共的奴才。只可惜中國人裡面外國人太多，西崽氣與家奴氣太重，國民的自覺太沒有，所以政治上既失了獨立，學術文藝上也受了影響，沒有新的氣象。國民文學的呼聲可以說是這種墮落民族的一針興奮劑，雖然效果如何不能預知，總之是適當的辦法。

但是我要附加一句，提倡國民文學同時必須提倡個人主義。我見有些鼓吹國家主義的人對於個人主義竭力反對，不但國家主義失其根據，而且使得他們的主張有點宗教的氣味，容易變成狂信。這個結果是凡本國的必好，凡別國的必壞，自己的國土是世界的中心，自己的爭戰是天下之正義，而猶稱之曰「自尊心」。

我們反抗人家的欺侮，但並不是說我們便可以欺侮人；我們不願人家抹殺我們的長處，但並不是說我們還應護自己的短。我們所要的是一切的正義：憑了正義我們要求自主與自由，也正憑了正義我們要自己譴責，自己鞭撻。我們現在這樣地被欺侮，一半固然是由於別人的強橫，一半——至少至少一半——也在於自己的墮落。

我們在反對別人之先或同時，應該竭力發掘剷除自己的惡根性，這才有民族再生的希望，否則只是拳匪思想之復活。拳匪的排外思想我並不以為絕對地非是，但其本國必是而外國必非的偏見，可以用「國粹」反抗新法的迷信，終是拳匪的行徑，我所絕對反對的。

有人信奉國家主義之後便非古文不做，非古詩不謅，這很令我懷憂，恐正當的國家主義要惡化了。我們提倡國民文學於此點要十分注意，不可使其有這樣的流弊。所以我仿你的說法要加添幾句，便是在積極地鼓吹民族思想以外，還有這幾件工作：

我們要針砭民族卑怯的癱瘓，

我們要消除民族淫猥的淋毒，

我們要切開民族昏憒的癰疽，

我們要閹割民族自大的風狂。

以上是三月一日我覆你的一封信，曾登在《京報副刊》第八十號上，今重錄於此，因為現在我的意見還只是這樣。

我不知怎地很為遺傳學說所迫壓，覺得中國人總還是中國人，無論是好是壞，所以保存國粹正可不必，反正國民性不會消滅，提倡歐化也是虛空，因為天下不會有像兩粒豆那樣相似的民族，叫他怎麼化得過來。現在要緊的是喚起個人的與國民的自覺，儘量地研究介紹今古的文化，讓它自由地滲進去，變成民族精神的滋養料，因此可望自動地發生出新漢族的文明來。這是我任意的夢想，也就是我所以贊成國民文學的提唱之理由。

但是，有時又覺得這些夢想也是輕飄飄的，不大靠得住；如呂滂（Gustave Le Bon）所說，人世的事都是死鬼作主，結果幾乎令人要相信幽冥判官——或是毗騫國王手中的帳簿，中國人是命裡註定的奴才，這又使我對於一切提唱不免有點冷淡了。我的微小的願望，現在只在能夠多瞭解一分，不在能成功一厘，所以這倒也還無妨無妨。草草。

十四年六月一日。

教訓之無用

藹理斯在《道德之藝術》這一篇文章裡說，「雖然一個社會在某一時地的道德，與別個社會——以至同社會在異時異地的道德決不相同，但是其間有錯綜的條件，使它發生差異，想故意的做成它顯然是無用的事。一個人如聽人家說他做了一本『道德的』書，他既不必無端的高興，或者被說他的書是『不道德的』，也無須無端的頹喪。這兩個形容詞的意義都是很有限制的。在群眾的堅固的大多數之進行上面，無論是甲種的書或乙種的書都不能留下什麼重大的影響。」

斯賓塞也曾寫信給人，說道德教訓之無效。他說，「在宣傳了愛之宗教將近二千年之後，憎之宗教還是很占勢力；歐洲住著二萬萬的外道，假裝著基督教徒，如有人願望他們照著他們的教旨行事，反要被他們所辱罵。」

這實在都是真的。希臘有過梭格拉底，印度有過釋迦，中國有過孔老，他們都被尊為聖人，但是在現今的本國人民中間，他們可以說是等於「不曾有過」。我想這原是當然的，正不必代為無謂地悼嘆。這些偉人倘若真是不曾存在，我們現在當不知怎麼的更是寂寞，但是如今既有言行流傳，足供有藝術趣味的人的欣賞，那就盡夠好了。至於期望他們教訓的實現，有如枕邊摸索好夢，不免近於癡人，難怪要被罵了。

對於世間「不道德的」文人，我們同聖人一樣的尊敬他。他的「教訓」在群眾中也是沒有人聽的，雖然有人對他投石，或袖著他的書，——但是我們不妨聽他說自己的故事。

（十三年二月）

無謂之感慨

中午抽空往東單牌樓書店一看，賒了幾本日文書來，雖然到月底索去欠款，好像是被白拿去似的懊惱，此刻卻很是愉快。其中有一本是安倍能成的《山中雜記》，是五十一篇的論文集。記述人物的，如正岡子規，夏目漱石，數藤，該倍耳諸文，都很喜讀，但旅行及山村的記述覺得最有趣味，更引起我幾種感慨。

大家都說旅行是極愉快的事，讀人家的紀行覺得確是如此，但我們在中國的人，似乎極少這樣幸福。我從前走路總是逃難似的（從所謂實用主義教育的眼光看去，或者也是一種有益的練習），不但船上車上要防備謀財害命，便是旅館裡也沒有一刻的安閒，可以休養身心的疲勞，自新式的新旅社以至用高粱桿為床鋪的黃河邊小船棧，據我所住過的無一不是這樣，至於茶房或夥計大抵是菜園子張清的徒弟一流，尤其難與為伍。譬如一條崎嶇泥濘的路（大略如往通州的國道），有錢坐了汽車，沒有錢徒步的走，結果是一樣的不愉快，一樣的沒有旅行的情趣。日本便大不相同，讀安倍的文章，殊令人羨慕他的幸福，——其實也是當然的事，不過在中國沒有罷了。

三年前曾在西山養病數月，這是我過去的唯一的山居生活。比起在城裡，的確要愉快得多，但也沒有什麼特別可懷念的地方，除了幾株古老的樹木以外。無論住在中國的那裡，第一不合意的是食物的糟糕。淡粥也好，豆腐青菜也好，只要做得乾淨，都很可以吃，中國卻總弄得有點不好看相，總有點廚子氣，就很討嫌了。齷齪不是山村的特色，應當是清淡閒靜。中國一方面保留著舊的齷齪，一面又添上新的來——一座爛泥牆和一座紅磚牆，請大家自己選擇。安倍在《山中雜記》的末節裡說：

「這個山上寺境內還嚴禁食肉蓄妻，我覺得還有意思。我希望到這山上來的人不要同在世間一般貪鮮肥求輕暖，應守清淨樂靜寂才好，又希望寺內的人把山上造成一個修道院，使上山來的人感到一種與世間不同的空氣。日本現在的趨勢，從各方面說來，在漸漸的破壞那閒靜的世界。像我們這樣的窮書生，眼見這樣的世界漸漸不易尋求，不勝慨嘆。我極望山上的當事者不要以宿院為營業，長為愛靜寂與默想的人們留一個適當的地方，供他的寄居。」

我對於這一節話十分同意，——不過中國本來沒有什麼閒靜的世界，所以這也是廢話而已。

臨了，把《山中雜記》闔上之後，又發生了第三個感慨（我也承認這是亡國之音）。這一類的文章，我們做不出，不僅是才力所限，實在也為時勢所迫，還沒有這樣餘裕。可憐，我們還不得不花了力氣去批評華林，柳翼謀，曹慕管諸公的妙論，還在這裡拉長了臉力辯「二五得一十」，那有談風月的工夫？我們之做不出好文章，人也，亦天也，嗚呼。

十三年十二月十日。

日本的人情美

外國人講到日本的國民性，總首先舉出忠君來，我覺得不很的當。日本現在的尊君教育確是隆盛，在對外戰爭上也表示過不少成績，但這似乎只是外來的一種影響，未必能代表日本的真精神。

閱內藤虎次郎著《日本文化史研究》在「什麼是日本文化」一章中見到這一節話：

「如忠孝一語，在日本民族未曾採用支那語以前係用什麼話表示，此事殆難發見。孝字用為人名時訓作 Yoshi 或 Taka，其義只云善云高，並非對於父母的特別語；忠字訓作 Tada，也只是正的意義，又訓為 Mameyaka，意云親切，也不是對於君的特別語。如古代在一般的善行正義之外，既沒有表示家庭關係及君臣關係的特別語忠孝二字，則此思想之有無也就是一個很大的疑問。」

內藤是研究東洋史的，又特別推重中國文化，這裡便說明就是忠孝之德也是從中國傳過去的。（我國的國粹黨聽了且請不要鼻子太高。）現在我借了他的這一節話並不想我田引水，不過藉以證明日本的忠君原係中國貨色，近來加上一層德國油漆，到底不是他們自己的永久不會變的國民性。

我看日本文化裡邊盡有比中國好幾倍的東西，忠君卻不是其中之一。照中國現在的情形看來，似乎也有非講國家主義不可之勢，但這件鐵甲即使穿上也是出於迫不得已，不能就作為大褂子穿，而且得到機會還要隨即脫下，疊起，收好。我們在家裡坐路上走總只是穿著便服，便服裝束才是我們的真相。

我們要觀日本，不要去端相他那兩當雙刀的尊容，須得去看他在那裡吃茶弄草花時的樣子才能知道他的真面目，雖然軍裝時是一副野相。辜鴻銘老先生應大東文化協會之招，大頌日本的武化，或者是怪不得的，有些文人如小泉八雲（Lafcadio Hearn）保羅路易古修（Paul-Louis Couchoud）之流也多不能免俗，彷彿說忠義是日本之精華，大約是千慮之一失罷。

日本國民性的優點據我看來是在反對的方向，即是富於人情。和辻哲郎在《古代日本文化》中論「《古事記》之藝術的價值」，結論云：

「《古事記》中的深度的缺乏，即以此有情的人生觀作為補償。《古事記》全體上牧歌的美，便是這潤澤的心情的流露。缺乏深度即使是弱點，總還沒有缺乏這個潤澤的心情那樣重大。支那集錄古神話傳說的史書在大與深的兩點上或者比《古事記》為優，但當作藝術論恐不能及《古事記》罷。為什麼呢，因為它感情不足，特別如上邊所說的潤澤的心情顯然不足。《古事記》雖說是小孩似的書，但在它的美上未必劣於大人的書也。」

這種心情正是日本最大優點，使我們對於它的文化感到親近的地方，而無限制的忠孝的提倡不但將使他們個人中間發生許多悲劇，也即是為世人所憎惡的重要原因。在現代日本這兩種分子似乎平均存在，所以我們覺得在許多不愉快的事物中間時時發見一點光輝與美。

（十四年一月）

我的復古的經驗

大抵一個人在他的少年時代總有一兩件可笑的事情，或是浪漫的戀愛，或是革命的或是復古的運動。現在回想起來，不免覺得很有可笑的地方，但在當時卻是很正經的做著；老實說，這在少年時代原來也是當然的。只不要蛻化不出，變作一條僵蠶，那就好了。

我不是「國學家」，但在十年前後卻很復過一回古。最初讀嚴幾道林琴南的譯書，覺得這種以諸子之文寫夷人的話的辦法非常正當，便竭力的學他。雖然因為不懂「義法」的奧妙，固然學得不像，但自己卻覺得不很背於迻譯的正宗了。隨後聽了太炎先生的教誨，更進一步，改去那「載飛載鳴」的調子，換上許多古字（如踢改為踶，耶寫作邪之類）——多謝這種努力，《域外小說集》的原板只賣去了二十部。這是我的復古的第一支路。

《新約》在中國有文理與官話兩種譯本，官話本固然看不起，就是文理本也覺得不滿足，因為文章還欠「古」，比不上周秦諸子和佛經的古雅。我於是決意「越俎」來改譯，足有三年工夫預備這件工作，讀希臘文，豫定先譯四福音書及《伊索寓言》，因為這時候對於林琴南君的伊索譯本也嫌他欠古了！——到了後來，覺得聖書白話本已經很好，文理也可不必，更沒有改譯之必要：這是後話。以上是我的復古的第二支路。

以前我作古文，都用一句一圈的點句法。後來想到希臘古人都是整塊的連寫，不分句讀段落，也不分字，覺得很是古樸，可以取法；中國文章的寫法正是這樣，可謂不謀而合，用圈點句殊欠古雅。中國文字即使難題，但既然生而為中國國民，便有必須學習這難題的文字的義務，不得利用種種方法，以便私圖，因此我就主張取消圈點的辦法，一篇文章必須整塊的連寫到底（雖然仍有題目，不能徹底的遵循古法），在本縣的《教育會月刊》上還留存著我的這種成績。這是我的復古的第三支路。

這種復古的精神，也並不是我個人所獨有，大抵同時代同職業的人多有此種傾向。我的朋友錢玄同當時在民報社同太炎先生整夜的談論文字復古的方法；臨了太炎先生終於提出小篆的辦法，這問題才算終結。

這件事情，還有一部楷體篆書的《小學答問》流行在世間來作見證，這便是玄同的手筆。其後他穿了「深衣」去上公署，那正是我廢圈的時候了。這樣的事，說起來還多，現在也不必細說，只要表明我們曾經做過很可笑的復古運動就是了。

我們這樣的復古，耗廢了不少的時間與精力，但也因此得到一個極大的利益，便是「此路不通」的一個教訓。玄同因為寫楷體篆書，確知漢字之根本破產，所以澈悟過來，有那「辟歷一聲國學家之大狼狽」的廢漢字的主張；我雖然沒有心得，但也因此知道古文之決不可用了。這樣看來，古也非不可復，只要復的徹底，言行一致的做去，不但沒有壞處，而且反能因此尋到新的道路，這是的確可信的。所以對於現在青年的復古思想，我覺得用不著什麼詫異，因為這是當然，將來復的碰壁，自然會覺醒過來的。

所可怕者是那些言行不一致的復古家，口頭說得熱鬧，卻不去試驗實行，既不穿深衣，也不寫小篆，甚至於連古文也寫得不能亨通，這樣下去，便永沒有回頭的日子，好像一個人站在死胡同的口頭硬說這條路是國道，卻不肯自己走到盡頭去看一看，只好一輩子站在那裡罷了。

（十一年十一月）

一年的長進

在最近的五個禮拜裡，一連過了兩個年，這才算真正過了年，是民國十三年歲次甲子年了。回想過去「豬兒年」，國內雖然起了不少的重要變化，在我個人除了癡長一歲之外，實在乏善可陳，但仔細想來也不能說毫無長進，這是我所覺得尚堪告慰的。

這一年裡我的唯一的長進，是知道自己之無所知。以前我也自以為是有所知的，在古今的賢哲裡找到一位師傅，便可以據為典要，造成一種主見，評量一切，這倒是很簡易的辦法。但是這樣的一位師傅後來覺得逐漸有點難找，於是不禁狼狽起來，如瞎子之失了棒了；既不肯聽別人現成的話，自己又想不出意見，歸結只好老實招認，述蒙丹尼（Montaigne）的話道「我知道什麼」？我每日看報，實在總是心裡糊裡糊塗的，對於政治外交上種種的爭執往往不能瞭解誰是誰非，因為覺得兩邊的話都是難怪，卻又都有點靠不住。

我常懷疑，難道我是沒有「良知」的麼？我覺得不能不答應說「好像是的」，雖然我知道這句話一定要使提唱王學的朋友大不高興。真的，我的心裡確是空漸漸的，好像是舊殿裡的那把椅子，——不過這也是很清爽的事。

我若能找到一個「單純的信仰」，或者一個固執的偏見，我就有了主意，自然可以滿足而且快活了；但是有偏見的想除掉固不容易，沒有時要去找來卻也有點為難。

大約我之無所知也不是今日始的，不過以前自以為知罷了；現在忽然覺悟過來，正是好事，殊可無須尋求補救的方法，因為露出的馬腳才是真腳，自知無所知卻是我的第一個的真知也。

我很喜歡，可以趁這個機會對於以前曾把書報稿件寄給我看的諸位聲明一下。我接到印有「乞批評」字樣的各種文字，總想竭力奉陪的，無如照上邊所說，我實在是不能批評，也不敢批評，倘若硬要我說好壞，我只好仿主考的用腳一踢，——但這當然是毫不足憑的。

我也曾聽說世上有安諾德等大批評家，但安諾德可，我則不可。我只想多看一點大批評家的言論，廣廣自己的見識，沒有用朱筆批點別人文章的意思，所對於「乞批評」的要求，常是「有方尊命」，諸祈鑒原是幸。

（十三年二月）

元旦試筆

從先我有一個遠房的叔祖，他是孝廉公而奉持《太上感應篇》的，每到年末常要寫一張黃紙疏，燒呈玉皇大帝，報告他年內行了多少善，以便存記起來作報捐「地仙」實缺之用。現在民國十三年已經過去了，今天是元旦，在邀來共飲「屠蘇」的幾個朋友走了之後，拿起一支狼毫來想試一試筆，回想去年的生活有什麼事值得紀錄，想來想去終於沒有什麼，只有這一點感想總算是過去的經驗的結果，可以寫下來作我的「疏頭」的材料。

古人云「四十而不惑」，這是古人學道有得的地方，我們不能如此。就我個人說來，乃是三十而立（這是說立起什麼主張來），四十而惑，五十而志於學吧。以前我還以為我有著「自己的園地」，去年便覺得有點可疑，現在則明明白白的知道並沒有這一片園地了。

我當初大約也只是租種人家的田地，產出一點瘦小的蘿蔔和苦的菜，麻糊敷衍過去了，然而到了「此刻現在」忽然省悟自己原來是個「遊民」，肩上只抗著一把鋤頭，除了農忙時打點雜以外，實在沒有什麼工作可做。失了自己的園地不見得怎樣可惜，倘若流氓也一樣的可以舒服過活，如世間的好習慣所規定；只是未免有點無聊罷，所以等我好好的想上三兩年，或者再去發憤開荒，開闢出兩畝田地來，也未可知，目下還是老實自認是一個素人，把「文學家」的招牌收藏起來。

我的思想到今年又回到民族主義上來了。我當初和錢玄同先生一樣，最早是尊王攘夷的思想，在拳民起義的那時聽說鄉間的一個洋口子①被「破腳骨」打落銅盆帽，甚為快意，寫入日記。後來讀了《新民叢報》《民報》《革命軍》《新廣東》之類，一變而為排滿（以及復古），堅持民族主義者計有十年之久，到了民國元年這才軟化。五四時代我正夢想著世界主義，講過許多迂遠的話，去年春間收小範圍，修改為亞洲主義，及清室廢號遷宮以後，遺老遺小以及日英帝國的浪人興風作浪，詭計陰謀至今未已，我於是又悟出自己之迂腐，覺得民國根基還未穩固，現在須得實事求是，從民族主義做起才好。

我不相信因為是國家所以當愛，如那些宗教的愛國家所提倡，但為個人的生存起見主張民族主義卻是正當，而且與更「高尚」的別的主義也不相衝突。不過這只是個人的傾向，並不想到青年中去宣傳。沒有受過民族革命思想的浸潤並經過光復和復辟時恐怖之壓迫者，對於我們這種心情大抵不能領解，或者還要以為太舊太非紳士態度。這都沒有什麼關係。我只表明我思想之反動，無論過激過頑都好，只願人家不要再恭維我是世界主義的人就好了。

語云，「元旦書紅，萬事亨通。」論理，應該說幾句吉利話滑稽話，才足副元旦試筆之名。但是總想不出什麼來，只好老實寫出要說的幾句話，其餘的且等後來補說吧。十四年一月。

注釋

①即洋鬼子，知堂故意用「口」代替「鬼」字。

沉默

林玉堂先生說，法國一個演說家勸人緘默，成書三十卷，為世所笑，所以我現在做講沉默的文章，想竭力節省，以原稿紙三張為度。

提倡沉默從宗教方面講來，大約很有材料，神秘主義裡很看重沉默，美忒林克便有一篇極妙的文章。但是我並不想這樣做，不僅因為怕有擁護宗教的嫌疑，實在是沒有這種知識與才力。現在只就人情世故上著眼說一說罷。

沉默的好處第一是省力。

中國人說，多說話傷氣，多寫字傷神。不說話不寫字大約是長生之基，不過平常人總不易做到。那麼一時的沉默也就很好，於我們大有裨益。三十小時草成一篇宏文，連睡覺的時光都沒有，第三天必要頭痛；演說家在講臺上呼號兩點鐘，難免口乾喉痛，不值得甚矣。若沉默，則可無此種勞苦，——雖然也得不到名聲。

沉默的第二個好處是省事。

古人說「口是禍門」，關上門，貼上封條，禍便無從發生（「閉門家裡坐，禍從天上來」，那只算是「空氣傳染」，又當別論），此其利一。自己想說服別人，或是有所辯解，照例是沒有什麼影響，而且愈說愈是渺茫，不如及早沉默，雖然不能因此而說服或辯明，但至少是不會增添誤會。

又或別人有所陳說，在這面也照例不很能理解，極不容易答覆，這時候沉默是適當的辦法之一。古人說不言是最大的理解，這句話或者有深奧的道理，據我想則在我至少可以藏過不理解，而在他也就可以有猜想被理解了之自由。沉默之好處的好處，此其二。

善良的讀者們，不要以我為太玩世（Cynical）了罷？老實說，我覺得人之互相理解是至難——即使不是不可能的事，而表現自己之真實的感情思想也是同樣地難。我們說話作文，聽別人的話，讀別人的文，以為互相理解了，這是一個聊以自娛的如意的好夢，好到連自己覺到了的時候也還不肯立即承認，知道是夢了卻還想在夢境中多流連一刻。

其實我們這樣說話作文無非只是想這樣做，想這樣聊以自娛，如其覺得沒有什麼可娛，那麼盡可簡單地停止。我們在門外草地上翻幾個筋斗，想像那對面高樓上的美人看著（明知她未必看見），很是高興，是一種辦法；反正她不會看見，不翻筋斗了，且臥在草地上看雲罷，這也是一種辦法。兩者都是對的，我這回是在做第二個題目罷了。

我是喜翻筋斗的人，雖然自己知道翻得不好。但這也只是不巧妙罷了，未必有什麼害處，足為世道人心之憂。不過自己的評語總是不大靠得住的，所以在許多知識階級的道學家看來，我的筋斗都翻得有點不道德，不是這種姿勢足以壞亂風俗，便是這個主意近於妨害治安。這種情形在中國可以說是意表之內的事，我們也並不想因此而變更態度，但如民間這種傾向到了某一程度，翻筋斗的人至少也應有想到省力的時候了。

三張紙已將寫滿，這篇文應該結束了。我費了三張紙來提倡沉默，因為這是對於現在中國的適當辦法。——然而這原來只是兩種辦法之一，有時也可以擇取另一辦法：高興的時候弄點小把戲，「藉資排遣」。將來別處看有什麼機緣，再來噪聒，也未可知。

一九二四年七月二十日。

山中雜信

一

伏園兄：

我已於本月初退院，搬到山裡來了①。香山不很高大，彷彿只是故鄉城內的臥龍山模樣，但在北京近郊，已經要算是很好的山了。碧雲寺在山腹上，地位頗好，只是我還不曾到外邊去看過，因為須等醫生再來診察一次之後，才能決定可以怎樣行動，而且又是連日下雨，連院子裡都不能行走，終日只是起臥屋內罷了。

大雨接連下了兩天，天氣也就頗冷了。般若堂裡住著幾個和尚們，買了許多香椿乾，攤在蘆席上晾著，這兩天的雨不但使他不能乾燥，反使他更加潮濕。每從玻璃窗望去，看見廊下攤著濕漉漉的深綠的香椿乾，總覺得對於這班和尚們心裡很是抱歉似的，——雖然下雨並不是我的緣故。

般若堂裡早晚都有和尚做功課，但我覺得並不煩擾，而且於我似乎還有一種清醒的力量。清早和黃昏時候的清澈的磬聲，彷彿催促我們無所信仰，無所歸依的人，揀定一條道路精進向前。我近來的思想動搖與混亂，可謂已至其極了，托爾斯泰的無我愛與尼采的超人，共產主義與善種學，耶佛孔老的教訓與科學的例證，我都一樣的喜歡尊重，卻又不能調和統一起來，造成一條可以行的大路。

我只將這各種思想，凌亂的堆在頭裡，真是鄉間的雜貨一料店了。——或者世間本來沒有思想上的「國道」，也未可知，這件事我常常想到，如今聽他們做功課，更使我受了激刺，同他們比較起來，好像上海許多有國籍的西商中間，夾著一個「無領事管束」的西人。至於無領事管束，究竟是好是壞，我還想不明白。不知你以為何如？

寺內的空氣並不比外間更為和平。我來的前一天，般若堂裡的一個和尚，被方丈差人抓去，說他偷寺內的法物，先打了一頓，然後捆送到城內什麼衙門去了。究竟偷東西沒有，是別一個問題，但是吊打恐總非佛家所宜。

大約現在佛徒的戒律，也同「儒業」的三綱五常一樣，早已成為具文了。自己即使犯了永為棄物的波羅夷罪，並無妨礙，只要有權力，便可以處置別人，正如護持名教的人卻打他的老父，世間也一點都不以為奇。我們廚房的間壁，住著兩個賣汽水的人，也時常吵架。掌櫃的回家去了，只剩了兩個少年的夥計，連日又下雨，不能出去擺攤，所以更容易爭鬧起來。

前天晚上，他們都不願意燒飯，互相推諉，始而相罵，終於各執灶上用的鐵通條，打仗兩次。我聽他們叱吒的聲音，令我想起《三國志》及《劫後英雄略》等書裡所記的英雄戰鬥或比武時的威勢，可是後來戰罷，他們兩個人一點都不受傷，更是不可思議了。

從這兩件事看來，你大略可以知道這山上的戰氛罷。

因為病在右肋，執筆不大方便，這封信也是分四次寫成的。以後再談罷。

一九二一，六月五日。

二

近日天氣漸熱，到山裡來住的人也漸多了。對面的那三間屋，已於前日租去，大約日內就有人搬來。般若堂兩傍的廂房，本是「十方堂」，這塊大木牌還掛在我的門口。但現在都已租給人住，以後有遊方僧來，除了請到羅漢堂去打坐以外，沒有別的地方可以掛單了。

三四天前大殿裡的小菩薩，失少了兩尊，方丈說是看守大殿的和尚偷賣給遊客了，於是又將他捆起來，打了一頓，但是這回不曾送官，因為次晨我又聽見他在後堂敲那大木魚了（前回被捉去的和尚，已經出來，搬到別的寺裡去了）。

當時我正翻閱《諸經要集》六度部的忍辱篇，道世大師在述意緣內說道，「……豈容微有觸惱，大生瞋恨，乃至角眼相看，惡聲厲色，遂加杖木，結恨成怨」，看了不禁苦笑。或者叢林的規矩，方丈本來可以用什麼板子打人，但我總覺得有點矛盾。而且如果真照規矩辦起來，恐怕應該挨打的卻還不是這個所謂偷賣小菩薩的和尚呢。

山中蒼蠅之多，真是「出人意表之外」。每到下午，在窗外群飛，嗡嗡作聲，彷佛是蜜蜂的排衙。我雖然將風門上糊了冷布，緊緊關閉，但是每一出入，總有幾個混進屋裡來。各處棹上攤著蒼蠅紙，另外又用了棕絲製的蠅拍追著打，還是不能絕滅。英國詩人勃來克有《蒼蠅》一詩，將蠅來與無常的人生相比；日本小林一茶的俳句道，「不要打哪！那蒼蠅搓他的手，搓他的腳呢。」

我平常都很是愛念，但在實際上卻不能這樣的寬大了。一茶又有一句俳句，序云：

「捉到一個蝨子，將他掐死固然可憐，要把他捨在門外，讓他絕食，也覺得不忍；忽然的想到我佛從前給與鬼子母的東西②，成此。蝨子呵，放在和我味道一樣的石榴上爬著。」

《四分律》云，「時有老比丘拾蝨棄地，佛言不應，聽以器盛若綿拾著中。若蝨走出，應作筒盛；若蝨出筒，應作蓋塞。隨其寒暑，加以膩食將養之。」

一茶是誠信的佛教徒，所以也如此做，不過用石榴餵他卻更妙了。這種殊勝的思想，我也很以為美，但我的心底裡有一種矛盾，一面承認蒼蠅是與我同具生命的眾生之一，但一面又總當他是腳上帶著許多有害的細菌，在頭上面上爬的癢癢的，一種可惡的小蟲，心想除滅他。這個情與知的衝突，實在是無法調和，因為我篤信「賽老先生」的話，但也不想拿了他的解剖刀去破壞詩人的美的世界，所以在這一點上，大約只好甘心且做蝙蝠派罷了。

對於時事的感想，非常紛亂，真是無從說起，倒還不如不說也罷。

六月二十三日。

三

我在第一信裡，說寺內戰氛很盛，但是現在情形卻又變了。賣汽水的一個戰士，已經下山去了。這個緣因，說來很長。前兩回禮拜日遊客很多，汽水賣了十多塊錢一天，方丈知道了，便叫他們從形勢最好的那「水泉」旁邊撤退，讓他自己來賣。

他們只准在荒涼的塔院下及門口去擺攤，生意便很清淡，掌櫃的於是實行減政，只留下了一個人做幫手，——這個夥計本是做墨水匣的，掌櫃自己是泥水匠。這主從兩人雖然也有時爭論，但不至於開起仗來了。

方丈似乎頗喜歡吊打他屬下的和尚，不過他的法庭離我這裡很遠，所以並未直接受到影響。此外偶然和尚們喝醉了高粱，高聲抗辯，或者為了金錢勝負稍有糾葛，都是隨即平靜，算不得什麼大事。因此般若堂裡的空氣，近來很是長閒逸豫，令人平矜釋躁。這個情形可以意會，不易言傳，我如今舉出一件瑣事來做個象徵，你或者可以知其大略。

我們院子裡，有一群雞，共五六隻，其中公的也有，母的也有。這是和尚們共同養的呢，還是一個人的私產，我都不知道。他們白天裡躲在紫藤花底下，晚間被盛入一隻小口大腹，像是裝香油用的藤簍裡面。

這簍子似乎是沒有蓋的，我每天總看見他在柏樹下仰天張著口放著。夜裡酉戌之交，和尚們擂鼓既罷，各去休息，簍裡的雞便怪聲怪氣的叫起來。於是禪房裡和尚們的「唆，唆——」之聲，相繼而作。這樣以後，簍裡與禪房裡便復寂然，直到天明，更沒有什麼驚動。問是什麼事呢？答說有黃鼠狼來咬雞。

其實這小口大腹的簍子裡，黃鼠狼是不會進去的，倘若掉了下去，他就再逃也出不來了。大約他總是未能忘情，所以常來窺探，不過聊以快意罷了。倘若簍子上加上一個蓋，——雖然如上文所說，即使無蓋，本來也很安全，——也便可以省得他的窺探。但和尚們永遠不加蓋，黃鼠狼也便永遠要來窺探，以致「三日兩頭」的引起夜中簍裡與禪房裡的驅逐。這便是我所說的長閒逸豫的所在。我希望這一節故事，或者能夠比那四個抽象的字說明的更多一點。

但是我在這裡不能一樣的長閒逸豫，在一日裡總有一個陰鬱的時候，這便是下午清華園的郵差送報來後的半點鐘。我的神經衰弱，易於激動，病後更甚，對於略略重大的問題，稍加思索，便很煩躁起來，幾乎是發熱狀態，因此平常十分留心免避。但每天的報裡，總是充滿著不愉快的事情，見了不免要起煩惱。或者說，既然如此，不看豈不好麼？但我又捨不得不看，好像身上有傷的人，明知觸著是很痛的，但有時仍是不自禁的要用手去摸，感到新的劇痛，保留他受傷的意識。但苦痛究竟是苦痛，所以也就趕緊丟開，去尋求別的慰解。

我此時放下報紙，努力將我的思想遣發到平常所走的舊路上去，——回想近今所看書上的大乘菩薩佈施忍辱等六度難行，淨土及地獄的意義，或者去搜求遊客及和尚們（特別注意於方丈）的軼事。我也不願再說不愉快的事，下次還不如仍同你講他們的事情罷。

六月二十九日。

四

近日因為神經不好，夜間睡眠不足，精神很是頹唐，所以好久沒有寫信，也不曾做詩了。詩思固然不來，日前到大殿後看了御碑亭，更使我詩興大減。

碑亭之北有兩塊石碑，四面都刻著乾隆御製的律詩和絕句。這些詩雖然很講究的刻在石上，壁上還有憲兵某君的題詞，讚嘆他說「天命乃有移，英風殊難泯」！但我看了不知怎的聯想到那塾師給冷于冰看的草稿，將我的創作熱減退到近於零度。我以前病中忽發野心，想做兩篇小說，一篇叫「平凡的人」，一篇叫「初戀」；幸而到了現在還不曾動手。不然，豈不將使《饃饃賦》不但無獨而且有偶麼？

我前回答應告訴你遊客的故事，但是現在也未能踐約，因為他們都從正門出入，很少到般若堂裡來的。我看見從我窗外走過的遊客，一總不過十多人。他們卻有一種公共的特色，似乎都對於植物的年齡頗有趣味。他們大抵問和尚或別人道，「這藤蘿有多少年了？」答說，「這說不上來。」便又問，「這柏樹呢？」至於答案，自然仍舊是「說不上來」了。

或者不問柏樹的，也要問槐樹，其餘核桃石榴等小樹，就少有人注意了。我常覺得奇異，他們既然如此熱心，寺裡的人何妨就替各棵老樹胡亂定出一個年歲，叫和尚們照樣對答，或者寫在大木板上，掛在樹下，豈不一舉兩得麼？

遊客中偶然有提著鳥籠的，我看了最不喜歡。我平常有一種偏見，以為作不必要的惡事的人，比為生活所迫，不得已而作惡者更為可惡；所以我憎惡蓄妾的男子，比那賣女為妾——因貧窮而吃人肉的父母，要加幾倍。對於提鳥籠的人的反感，也是出於同一的源流。如要吃肉，便吃罷了；（其實飛鳥的肉，於養生上也並非必要。）如要賞鑒，在他自由飛鳴的時候，可以儘量的看或聽；何必關在籠裡，擎著走呢？我以為這同喜歡纏足一樣的是痛苦的賞玩，是一種變態的殘忍的心理。

賢首於《梵網戒疏》盜戒下注云，「善見云，盜空中鳥，左翅至右翅，尾至頭，上下亦爾，俱得重罪。准此戒，縱無主，鳥身自為主，盜皆重也。」鳥身自為主，——這句話的精神何等博大深厚，然而又豈是那些提鳥籠的朋友所能瞭解的呢？

《梵網經》裡還有幾句話，我覺得也都很好。如云，「若佛子，故食肉，——一切肉不得食。——斷大慈悲性種子，一切眾生見而捨去。」又云，「一切男子是我父，一切女人是我母，我生生無不從之受生，故六道眾生皆我父母。而殺而食者，即殺我父母，亦殺我故身：一切地水，是我先身；一切火風，是我本體。……」

我們現在雖然不能再相信六道輪迴之說，然而對於這普親觀平等觀的思想，仍然覺得他是真而且美。英國勃來克的詩：

「被獵的兔的每一聲叫，
撕掉腦裡的一枝神經；
雲雀被傷在翅膀上，
一個天使止住了歌唱。」

這也是表示同一的思想。我們為自己養生計，或者不得不殺生，但是大慈悲性種子也不可不保存，所以無用的殺生與快意的殺生，都應該免避的。譬如吃醉蝦，這也罷了；但是有人並不貪他的鮮味，只為能夠將半活的蝦夾住，直往嘴裡送，心裡想道「我吃你」！覺得很快活。這是在那裡嘗得勝快心的滋味，並非真是吃食了。《晨報》雜感欄裡曾登過松年先生的一篇《愛》，我很以他所說的為然。但是愛物也與仁人很有關係，倘若斷了大慈悲性種子，如那樣吃醉蝦的人，於愛人的事也恐怕不大能夠圓滿的了。

七月十四日。

五

近日天氣很熱，屋裡下午的氣溫在九十度以上。所以一到晚間，般若堂裡在院子裡睡覺的人，總有三四人之多。他們的睡法很是奇妙，因為蚊子白蛉要來咬，於是便用棉被沒頭沒腦的蓋住。這樣一來，固然再也不怕蚊子們的勒索，但是露天睡覺的原意也完全失掉了。

要說是涼快，卻蒙著棉被；要說是通氣，卻將頭直鑽到被底下去。那麼同在熱而氣悶的屋裡睡覺，還有什麼區別呢？

有一位方丈的徒弟，睡在籐椅上，掛了一頂洋布的帳子，我以為是防蚊用的了，豈知四面都是懸空，蚊子們如能飛近地面一二尺，仍舊是可以進去的，他的帳子只能擋住從上邊掉下來的蚊子罷了。這些奧妙的辦法，似乎很有一種禪味，只是我瞭解不來。

我的行蹤，近來已經推廣到東邊的「水泉」。這地方確是還好，我於每天清早，沒有遊客的時候，去倘佯一會，賞鑒那山水之美。只可惜不大乾淨，路上很多氣味，——因為陳列著許多《本草》上的所謂人中黃！我想中國真是一個奇妙的國，在那裡人們不容易得到營養料，也沒有方法處置他們的排泄物。我想像軒轅太祖初入關的時候，大約也是這樣情形。但現在已經過了四千年之久了。難道這個情形真已支持了四千年，一點不曾改麼？

水泉西面的石階上，是天然療養院附屬的所謂洋廚房。門外生著一棵白楊樹，樹幹很粗，大約直徑有六七寸，白皮斑駁，很是好看。他的葉在沒有什麼大風的時候，也瑟瑟的響，彷彿是有魔術似的。古詩說，「白楊多悲風，蕭蕭愁殺人」，非看見過白楊樹的人，不大能瞭解他的趣味。

歐洲傳說云，耶穌釘死在白楊木的十字架上，所以這樹以後便永遠顫抖著。……我正對著白楊起種種的空想，有一個七八歲的小西洋人跟著寧波的老媽子走進洋廚房來。那老媽子同廚子講著話的時候，忽然來了兩個小廣東人，各舉起一隻手來，接連的打小西洋人的嘴巴。他的兩個小頰，立刻被批的通紅了，但他卻守著不抵抗主義，任憑他們打去。

我的用人看不過意，把他們隔開兩回，但那兩位攘夷的勇士又衝過去，尋著要打嘴巴。被打的人雖然忍受下去了，但他們把我剛才的浪漫思想也批到不知去向，使我切膚的感到現實的痛。——至於這兩個小愛國者的行為，若由我批評，不免要有過激的話，所以我也不再說了。

我每天傍晚到碑亭下去散步，順便恭讀乾隆的御製詩；碑上共有十首，我至少總要讀他兩首。讀之既久，便發生種種感想，其一是覺得語體詩發生的不得已與必要。御製詩中有這幾句，如「香山適才遊白社，越嶺便以至碧雲」，又「玉泉十丈瀑，誰識此其源」，似乎都不大高明。但這實在是舊詩的難做，怪不得皇帝。對偶呀，平仄呀，押韻呀，拘束得非常之嚴，所以便是奉天承運的真龍也掙扎他不過，只落得留下多少打油的痕跡在石頭上面。倘若他生在此刻，拋了七絕五律不做，去做較為自由的新體詩，即使做的不好，也總不至於被人認為「哥罐聞焉嫂棒傷」的藍本罷。

但我寫到這裡，忽然想到《大江集》等幾種名著，又覺得我所說的也未必盡然。大約用文言做「哥罐」的，用白話做來仍是「哥罐」，——於是我又想起一種疑問，這便是語體詩的「萬應」的問題了。

七月十七日。

六

好久不寫信了。這個原因，一半因為你的出京，一半因為我的無話可說。我的思想實在混亂極了，對於許多問題都要思索，卻又一樣的沒有歸結，因此覺得要說的話雖多，但不知道怎樣說才好。現在決心放任，並不硬去統一，姑且看書消遣，這倒也還罷了。

上月裡我到香山去了兩趟，都是坐了四人轎去的。我們在家鄉的時候，知道四人轎是只有知縣坐的，現在自己卻坐了兩回，也是「出於意表之外」的。我一個人叫他們四位扛著，似乎很有點抱歉，而且每人只能分到兩角多錢，在他們實在也不經濟；不知道為什麼不減作兩人呢？那轎槓是杉木的，走起來非常顛播。大約坐這轎的總非有候補道的那樣身材，是不大合宜的。

我所去的地方是甘露旅館，因為有兩個朋友耽擱在那裡，其餘各處都不曾去。什麼的一處名勝，聽說是督辦夫人住著，不能去了。我說這是什麼督辦，參戰和邊防的督辦不是都取消了麼。答說是水災督辦。我記得四五年前天津一帶確曾有過一回水災，現在當然已經乾了，而且連旱災都已鬧過了（雖然不在天津）。朋友說，中國的水災是不會了的。黃河不是決口了麼。這話的確不錯，水災督辦誠然有存在的必要，而且照中國的情形看來，恐怕還非加入官制裡去不可呢。

我在甘露旅館買了一本《萬松野人言善錄》，這本書出了已經好幾年，在我卻是初次看見。我老實說，對於英先生的議論未能完全贊同，但因此引起我陳年的感慨，覺得要一新中國的人心，基督教實在是很適宜的。極少數的人能夠以科學藝術或社會的運動去替代他宗教的要求，但在大多數是不可能的。我想最好便以能容受科學的一神教把中國現在的野蠻殘忍的多神——其實是拜物——教打倒，民智的發達才有點希望。

不過有兩大條件，要緊緊的守住：其一是這新宗教的神切不可與舊的神的觀念去同化，以致變成一個西裝的玉皇大帝；其二是切不可造成教閥，去妨害自由思想的發達。這第一第二的覆轍，在西洋歷史上實例已經很多，所以非竭力免去不可。——但是，我們昏亂的國民久伏在迷信的黑暗裡，既然受不住智慧之光的照耀，肯受這新宗教的灌頂麼？不為傳統所囚的大公無私的新宗教家，國內有幾人呢？仔細想來，我的理想或者也只是空想；將來主宰國民的心的，仍舊還是那一班的鬼神妖怪罷！

我的行蹤既然推廣到了寺外，寺內各處也都已走到，只剩那可以聽松濤的有名的塔上不曾去。但是我平常散步，總只在御詩碑的左近或是彌勒佛前面的路上。這一段泥路來回可一百步，一面走著，一面聽著階下龍嘴裡的潺湲的水聲（這就是御製詩裡的「清波繞砌湲」），倒也很有興趣。不過這清波有時要不「湲」，其時很是令人掃興，因為後面有人把他截住了。

這是誰做主的，我都不知道，大約總是有什麼金魚池的闊人們罷。他們要放水到池裡去，便是汲水的人也只好等著，或是勞駕往水泉去，何況想聽水聲的呢！靠著這清波的一個朱門裡，大約也是闊人，因為我看見他們搬來的前兩天，有許多窮朋友頭上頂了許多大安樂椅小安樂椅進去。以前一個繪畫的西洋人住著的時候，並沒有什麼門禁，東北角的牆也坍了，我常常去到那裡望對面的山景和在溪灘積水中洗衣的女人們。現在可是截然的不同了，倒牆從新築起，將真山關出門外，卻在裡面叫人堆上許多石頭（抬這些石頭的人們，足足有三天，在我的窗前絡繹的走過），叫做假山，一面又在彌勒佛左手的路上築起一堵泥牆，於是我真山固然望不見，便是假山也輪不到看。

那些閻人們似乎以為四周非有牆包圍著是不能住人的。我遠望香山上迤的圍牆，又想起秦始皇的萬里長城，覺得我所推測的話並不是全無根據的。

還有別的見聞，我曾做了兩篇《西山小品》，其一曰「一個鄉民的死」，其二曰「賣汽水的人」，將他記在裡面。但是那兩篇是給日本的朋友們所辦的一個雜誌作的，現在雖有原稿留下，須等我自己把它譯出方可發表。

九月三日，在西山。

注釋

①一九二〇年底，周作人突患肋膜炎，因病勢惡化，一九二一年三月至五月曾住院兩個月，並於是年六月去香山碧雲寺養病，住般若堂。

②日本傳說，佛降伏鬼子母神，給與石榴實食之，以代人肉，因榴實味酸甜似人肉。據《鬼子母經》說，她後來變了生育之神，這石榴大約只是多子的象徵罷了。

濟南道中

伏園兄，你應該還記得「夜航船」的趣味罷？這個趣味裡的確包含有些不很優雅的非趣味，但如一切過去的記憶一樣，我們所記住的大抵只是一些經過時間熔化變了形的東西，所以想起來還是很好的趣味。我平素由紹興往杭州總從城裡動身（這是二十年前的話了），有一回同幾個朋友從鄉間趁船，這九十里的一站路足足走了半天一夜；下午開船，傍晚才到西郭門外，於是停泊，大家上岸吃酒飯。

這很有牧歌的趣味，值得田園畫家的描寫。第二天早晨到了西興，埠頭的飯店主人很殷勤地留客，點頭說「吃了飯去」，進去坐在裡面（斯文人當然不在櫃檯邊和「短衣幫」並排著坐）破板桌邊，便端出烤蝦小炒醃鴨蛋等「家常便飯」來，也有一種特別的風味。可惜我好久好久不曾吃了。

今天我坐在特別快車內從北京往濟南去，不禁忽然的想起舊事來。火車裡吃的是大菜，車站上的小販又都關出在木柵欄外，不容易買到土俗品來吃。先前卻不是如此，一九〇六年我們乘京漢車往北京應練兵處（那時的大臣是水竹村人）的考試的時候，還在車窗口買到許多東西亂吃，如一個銅子一隻的大雅梨，十五個銅子一隻的燒雞之類；後來在什麼站買到兔肉，同學有人說這實在是貓，大家便覺得噁心不能再吃，都摔到窗外去了。

在日本旅行，於新式的整齊清潔之中（現在對於日本的事只好「清描淡寫」地說一句半句，不然恐要蹈鄧先生的覆轍），卻仍保存著舊日的長閒的風趣。我在東海道中買過一箱「日本第一的吉備團子」，雖然不能證明是桃太郎的遺制，口味卻真不壞，可惜都被小孩們分吃，我只嘗到一兩顆，而且又小得可恨。

還有平常的「便當」，在形式內容上也總是美術的，味道也好，雖在吃慣肥魚大肉的大人先生們自然有點不配胃口。「文明」一點的有「冰激淩」裝在一隻麥粉做的杯子裡，末了也一同咽下去。——我坐在這鐵甲快車內，肚子有點餓了，頗想吃一點小食，如孟代故事中王子所吃的，然而現在實屬沒有法子，只好往餐堂車中去吃洋飯。

我並不是不要吃大菜的。但雖然要吃，若在強迫的非吃不可的時候，也會令人不高興起來。還有一層，在中國旅行的洋人的確太無禮儀，即使並無什麼暴行，也總是放肆討厭的。

即如在我這一間房裡的一個怡和洋行的老闆，帶了一隻小狗，說是在天津花了四十塊錢買來的；他一上車就高臥不起，讓小狗在房內撒尿，忙得車侍三次拿布來擦地板，又不餵飽，任牠東張西望，嗚嗚的哭叫。

我不是虐待動物者，但見人家暱愛動物，摟抱貓狗坐車坐船，妨害別人，也是很嫌惡的；我覺得那樣的暱愛正與虐待同樣地是有點獸性的。

洋人中當然也有真文明人，不過商人大抵不行，如中國的商人一樣。中國近來新起一種「打鬼」——便是打「玄學鬼」與「直腳鬼」——的傾向，我大體上也覺得贊成，只是對於他們的態度有點不能附和。

我們要把一切的鬼或神全數打出去，這是不可能的事，更無論他們只是拍權杖，念退鬼咒，當然毫無功效，只足以表明中國人術士氣之十足，或者更留下一點惡因。我們所能做，所要做的，是如何使玄學鬼或直腳鬼不能為害。我相信，一切的鬼都是為害的，倘若被放縱著，便是我們自己「曲腳鬼」也何嘗不如此。……人家說，談天談到末了，一定要講到下作的話去，現在我卻反對地談起這樣正經大道理來，也似乎不大合式，可以不再寫下去了罷。

十三年五月三十一日，津浦車中。

濟南道中之二

過了德州，下了一陣雨，天氣頓覺涼快，天色也暗下來了。室內點上電燈，我向窗外一望，卻見別有一片亮光照在樹上地上，覺得奇異，同車的一位寧波人告訴我，這是後面護送的兵車的電光。我探頭出去，果然看見末後的一輛車頭上，兩邊各有一盞燈（這是我推想出來的，因為我看的只是一邊），射出光來，正如北京城裡汽車的兩隻大眼睛一樣。

當初我以為既然是兵車的探照燈，一定是很大的，卻正出於意料之外，它的光只照著車旁兩三丈遠的地方，並不能直照見樹林中的賊蹤。據那位買辦所說，這是從去年故孫美瑤團長在臨城做了那「算不得什麼大事」之後新增的，似乎頗發生效力，這兩道神光真嚇退了沿路的毛賊，因為以後確不曾出過事，而且我於昨夜也已安抵濟南了。

但我總覺得好笑，這兩點光照在火車的尾巴頭，好像是夏夜的螢火，太富於詼諧之趣。我坐在車中，看著窗外的亮光從地面移在麥子上，從麥子移到樹葉上，心裡起了一種離奇的感覺，覺得似危險非危險，似平安非平安，似現實又似在做戲，彷彿眼看程咬金腰間插著兩把紙糊大板斧在臺上踱著時一樣。我們平常有一句話，時時說起卻很少實驗到的，現在拿來應用，正相適合，——這便是所謂浪漫的境界。

十點鐘到濟南站後，坐洋車進城，路上看見許多店鋪都已關門，——都上著「排門」，與浙東相似。我不能算是愛故鄉的人，但見了這樣的街市，卻也覺得很是喜歡。有一次夏天，我從家裡往杭州，因為河水乾涸，船隻能到牛屎浜，在早晨三四點鐘的時分坐轎出發，通過蕭山縣城；那時所見街上的情形，很有點與這回相像。

其實紹興和南京的夜景也未嘗不如此，不過徒步走過的印象與車上所見到底有些不同，所以叫不起聯想來罷了。城裡有好些地方也已改用玻璃門，同北京一樣，這是我今天下午出去看來的。我不能說排門是比玻璃門更好，在實際上玻璃門當然比排門要便利得多。但由我旁觀地看去，總覺得舊式的鋪門較有趣味。玻璃門也自然可以有它的美觀，可惜現在多未能顧到這一層，大都是粗劣潦草，如一切的新東西一樣。舊房屋的粗拙，全體還有些調和，新式的卻只見輕率淩亂這一點而已。

今天下午同四個朋友去遊大明湖，從鵲華橋下船。這是一種「出阪船」似的長方的船，門窗做得很考究，船頭有扁一塊，文云「逸興豪情」，——我說船頭，只因它形勢似船頭，但行駛起來，它卻變了船尾，一個舟子便站在那裡倒撐上去。他所用的傢伙只是一支天然木的篙，不知是什麼樹，剝去了皮，很是光滑，樹身卻是彎來扭去的並不筆直；他拿了這件東西，能夠使一隻大船進退迴旋無不如意，並且不曾遇見一點小衝撞，在我只知道使船用槳櫓的人看了不禁著實驚嘆。

大明湖在《老殘遊記》裡很有一段描寫，我覺得寫不出更好的文章來，而且你以前赴教育改進社年會時也曾到過，所以我可以不絮說了。我也同老殘一樣，走到歷下亭鐵公祠各處，但可惜不曾在明湖居聽得白妞說梨花大鼓。我們又去看「大帥張少軒」捐貲倡修的曾子固的祠堂，以及張公祠，祠裡還掛有一幅他的「門下子婿」的長髯照相和好些「聖朝柱石」等等的孫公德政牌。

隨後又到北極祠去一看，照例是那些塑像，正殿右側一個大鬼，一手倒提著一個小妖，一手掐著一個，神氣非常活現，右腳下踏著一個女子，它的腳跟正落在腰間，把她踹得目瞪口呆，似乎喘不過氣來，不知是到底犯了什麼罪。

大明湖的印象彷彿像南京的玄武湖，不過這湖是在城裡，很是別致。清人鐵保有一聯云，「四面荷花三面柳，一城山色半城湖」，實在說得很好（據老殘說這是鐵公祠大門的楹聯，現今卻已掉下，在享堂內倚牆放著了），雖然我們這回看不到荷花，而且湖邊漸漸地填為平地，面積大不如前，水路也很窄狹，兩旁變了私產，一區一區地用葦塘圍繞，都是人家種蒲養魚的地方，所以《老殘遊記》裡所記千佛山倒影入湖的景象已經無從得見，至於「一聲漁唱」尤其是聽不到了。

但是濟南城裡有一個湖，即使較前已經不如，總是很好的事；這實在可以代一個大公園，而且比公園更為有趣，於青年也很有益，我遇見好許多船的學生在湖中往來，比較中央公園裡那些學生站在路邊等看頭髮像雞窠的女人要好得多多，——我並不一定反對人家看女人，不過那樣看法未免令人見了生厭。

這一天的湖逛得很快意，船中還有王君的一個三歲的小孩同去，更令我們喜悅。他從宋君手裡要蒲桃乾吃，每拿幾顆例須唱一齣歌加以跳舞，他便手舞足蹈唱「一二三四」給我們聽，交換五六個蒲桃乾，可是他後來也覺得麻煩，便提出要求，說「不唱也給我罷」。他是個很活潑可愛的小人兒，而且一口的濟南話，我在他口中初次聽到「俺」這一個字活用在言語裡，雖然這種調子我們從北大徐君的話裡早已聽慣了。六月一日，在「家家泉水戶戶垂楊」的濟南城內。

濟南道中之三

六月二日午前，往工業學校看金線泉。這天正下著雨，我們乘暫時雨住的時候，踏著濕透的青草，走到石池旁邊，照著老殘的樣子側著頭細看水面，卻終於看不見那條金線，只有許多水泡，像是一串串的珍珠，或者還不如說水銀的蒸汽，從石隙中直冒上來，彷佛是地下有幾座丹灶在那裡煉藥。

池底裡長著許多植物，有竹有柏，有些不知名的花木，還有一株月季花，帶著一個開過的花蒂：這些植物生在水底，枝葉青綠，如在陸上一樣，到底不知道是怎麼一回事。金線泉的鄰近，有陳遵留客的投轄井，不過現在只是一個六尺左右的方池，轄雖還可以投，但是投下去也就可以取出來了。

次到趵突泉，見大池中央有三股泉水向上噴湧，據《老殘遊記》裡說翻出水面有二三尺高，我們看見卻不過尺許罷了。池水在雨後頗是渾濁，也不曾流得「汩汩有聲」，加上周圍的石橋石路以及茶館之類，覺得很有點像故鄉的脂溝匯，——傳說是越王宮女傾脂粉水，匯流此地，現在卻俗稱「豬狗匯」，是鄉村航船的聚會地了。

隨後我們往商埠遊公園，剛才進門雨又大下，在茶亭中坐了許久，等雨霽後再出來遊玩，園中別無遊客，容我們三人獨佔全園，也是極有趣味的事。公園本不很大，所以便即遊了，裡邊又別無名勝古蹟，一切都是人工的新設，但有一所大廳，門口懸著匾額，大書曰「暢趣遊情，馬良撰並書」，我卻瞻仰了好久。我以前以為馬良將軍只是善於打什麼拳的人，現在才知道也很有風雅的趣味，不得不陳謝我當初的疏忽了。

此外我不曾往別處遊覽，但濟南這地方卻已盡夠中我的意了。我覺得北京也很好，只是太多風和灰土，濟南則沒有這些；濟南很有江南的風味，但我所討厭的那些東南的脾氣似乎沒有（或未免有點速斷）？所以是頗愉快的地方。然而因為端午將到，我不能不趕快回北京來，於是在五日午前二時終於乘了快車離開濟南了。

我在濟南四天，講演了八次。範圍題目都由我自己選定，本來已是自由極了，但是想來想去總覺得沒有什麼可講，勉強擬了幾個題目，都沒有十分把握，至於所講的話覺得不能句句確實，句句表現出真誠的氣分來，那是更不必說了。就是平常談話，也常覺得自己有些話是虛空的，不與心情切實相應，說出時便即知道，感到一種噁心的寂寞，好像是嘴裡嘗到了肥皂。石川啄木的短歌之一云：

「不知怎地，
總覺得自己是虛偽之塊似的，
將眼睛閉上了。」

這種感覺，實在經驗了好許多次。

在這八個題目之中，只有末了的「神話的趣味」還比較的好一點；這並非因為關於神話更有把握，只因世間對於這個問題很多誤會，據公刊的文章上看來，幾乎尚未有人加以相當的理解，所以我對於自己的意見還未開始懷疑，覺得不妨略說幾句。

我想神話的命運很有點與夢相似。野蠻人以夢為真，半開化人以夢為兆，「文明人」以夢為幻，然而在現代學者的手裡，卻成為全人格之非意識的顯現；神話也經過宗教的，「哲學的」以及「科學的」解釋之後，由人類學者解救出來，還他原人文學的本來地位。中國現在有相信鬼神托夢魂魄入夢的人，有求夢占夢的人，有說夢是妖妄的人，但沒有人去從夢裡尋出他情緒的或感覺的分子，若是「滿願的夢」則更求其隱密的動機，為學術的探討者；說及神話，非信受則排斥，其態度正是一樣。

我看許多反對神話的人雖然標榜科學，其實他的意思以為神話確有信受的可能，倘若不是竭力抗拒；這正如性意識很強的道學家之提倡戒色，實在是兩極相遇了。真正科學家自己既不會輕信，也就不必專用攻擊，只是平心靜氣地研究就得，所以懷疑與寬容是必要的精神，不然便是狂信者的態度，非耶者還是一種教徒，非孔者還是一種儒生，類例很多。

即如近來反對太戈爾運動也是如此，他們自以為是科學思想與西方化，卻缺少懷疑與寬容的精神，其實仍是東方式的攻擊異端：倘若東方文化裡有最大的毒害，這種專制的狂信必是其一了。不意話又說遠了，與濟南已經毫無關係，就此擱筆，至於神話問題說來也嫌嘮叨，改日面談罷。

六月十日，在北京寫。

第五卷　上下古今

文法之趣味

「我對於文法書有一種特殊的趣味。有一時曾拿了文法消遣，彷彿是小說一樣，並不想得到什麼實益，不過覺得有趣罷了。名學家培因（Alexander Bain）曾說，文法是名學的一部分，於學者極有好處，能使他頭腦清晰，理解明敏，這很足以說明文法在教育上的價值。

「變化與結構的兩部，養成分析綜合的能力，聲義變遷的敘說又可以引起考證的興趣，倘若附會一點，說是學問藝術的始基也未始不可，因此我常覺得歐洲古時教育之重古典文字不是無意義的。不過那私刑似的強迫學習也很可怕，其弊害等於中國的讀經；若在青年自動地於實用之上進而為學問的研究，裨益當非淺鮮，如或從別一方面為趣味的涉獵，那也是我所非常贊同的。

「我的對於文法書的趣味，有一半是被嚴幾道的《英文漢詁》所引起的。在印度讀本流行的時候，他這一本書的確是曠野上的呼聲，那許多頁『析辭』的詳細解說，同時受讀者的輕蔑或驚嘆。在我卻受了他不少的影響，學校裡發給的一本一九〇一年第四十板的『馬孫』英文法二十年來還保存在書架上，雖然別的什麼機器書都已不知去向了。

「其次，『摩利思』的文法也購求到手；這兩者都是原序中說及，他所根據的參考書。以後也還隨時掇拾一兩種，隨意翻閱，斯威忒（Henry Sweet）的大著《新英文法》兩卷雖是高深，卻也給與好些快樂，至於惠忒尼（Whitney）威斯忒（West）巴斯克威耳（Baskerville）諸家學校用文法書也各有好處；他們使我過了多少愉快的時間，這是我所不能忘記的。

「納思菲耳（Nesfield）的一套雖然風行一時，幾乎成為英語學者的枕中鴻寶，我卻一點都感不到什麼趣味。他只輯錄多少實用的條例，任意地解說一下，教屬地的土人學話或者適用的，但是在『文化教育』上的價值可以說幾乎等於零了。」

這是我兩年前所說的話，裡邊所述的有些也是二十年前的事了。但是我在現今也還沒有什麼大改變，我總覺得有些文法書要比本國的任何新刊小說更為有趣；我想還可以和人家賭十塊錢的輸贏，給我在西山租一間屋，我去住在那裡，只帶一本（讓我們假定）英譯西威耳（Siever）博士的《古英文法》去，我可以很愉快地消遣一個長夏，——雖然到下山來時自然一句都不記得了。

這原是極端舉例的話，若是並不賭著東道，我當然還要揀一本淺易的書。近來因為重複地患感冒，長久躲在家裡覺得無聊，從書架背後抓出幾冊舊書來消遣，如德倫支主教（Archbishop Trench）的《文字之研究》，威克勒教授（Ernest Weekley）的《文字的故事》，《姓名的故事》，斯密士（L．P．Smith）的《英國言語》（The English Language）等，都極有興味，很愉快地消磨了幾天病裡的光陰。

文法的三方面中講字義的一部分比講聲與形的更多趣味，在「素人」看去也是更好的閒書，我願意介紹給青年們，請他們留下第十遍看《紅樓夢》的工夫翻閱這類的小書，我想可以有五成五的把握不至於使他們失望。

這幾冊小書裡我想特別地介紹斯密士的著作。德倫支的或者出版年月未免太早一點了，威克勒的徵引稍博，只有斯密士的單講英語的發達變遷，內容簡要，又價廉易得，所以似最適宜。這是「家庭大學叢書」（Home Univ．Lib．）之一，就是美國板也售價不出二元，英國板尤廉，不過歐戰後裝訂很壞了。

全書共小板二百五十頁，內分九章，首三章述英語之起源以至成立，第四五章說造字，六至八章說言語與歷史，九章說言語與思想。第五章「造字之人」裡邊歷舉好些文人制用新字或使廢語復活，司各得亦其中之一，他從古民歌中採用那個「浪漫的名詞 **glamour**（魔力，迷魂的美），此字出於 **grammerye**，在中古義云文法學，拉丁文研究，於是同哲學這字一樣在愚民心目中不久轉變含有魔術的意味了」。（P．120）《文字的故事》第一及十章中均有相同的記述。

這雖是一件小事，但能使我們知道在一個字裡會隱藏著怎樣奇妙的故事。言語與歷史三章述黑暗時代以後英語的發達，至於現代，末章則專論言語與思想之關係，表示文詞之發生與意義之變遷皆與時代相關，以文化為背景，如讀文化人類學的一部分。斯密士的書原是通俗的小冊，但盡足供我們入門之用，以後尚欲研究自有他的書目可以遵循，不是我們這樣外行所能說，我的意思不過當作一本閒書介紹給讀者罷了。

德倫支引愛默生（Emerson）的話說「字是化石之詩」。我想這的確是不錯的，所以說字義部分的通俗文法書可以當文藝作品去讀，講聲與形的方面的又可以供給稍傾於理知的人去消遣，與無事閒讀《幾何原本》聊以自娛一樣。現在暑假不久就到，青年們拿一兩本這樣的書在山坳水邊去讀，——或與愛人共讀，或與《紅樓夢》夾讀，也都無不可，——倒是一種消夏的妙法。

有興味的人除《文字的故事》等以外，再買ㄙㄎㄧㄊ（Skeat）或威克勒的一冊小本《英語語源字典》，隨便翻翻也好，可以領解一種讀字典的快樂。

臨了我還要表一表我的奢望，希望中國也出一本這類的小書，略說漢字的變遷，特別注重於某字最初見於何時何人何書，本意什麼，到了何時變了什麼意思：這不但足以引起對於文字學的興趣，於學術前途有益，實在我們個人也想知道這種有趣味的事實。

十四年三月末日。

神話的辯護

為神話作辯護，未免有點同善社的嫌疑。但是，只要我自信是憑了理性說話，這些事都可以不管。

反對把神話作兒童讀物的人說，神話是迷信，兒童讀了要變成義和團與同善社。這個反對迷信的熱心，我十分贊同，但關於神話養成迷信這個問題我覺得不能附和。神話在兒童讀物裡的價值是空想與趣味，不是事實和知識。我在《神話與傳說》中曾說：

「文藝不是歷史或科學的記載，大家都是知道的；如見了化石的故事，便相信人真能變石頭，固然是個愚人，或者又背著科學來破除迷信，斷斷地爭論化石故事之不合物理也未免成為笨伯了。」（「自己的園地」第九）又在《兒童的文學》中說過，「兒童相信貓狗能說話的時候，我們便同他們講貓狗說話的故事，不但要使得他們喜悅，也因為知道這過程是跳不過的，——然而又自然地會推移過去的，所以相當的應付了，等到兒童要知道貓狗是什麼東西的時候到來，我們再可以將生物學的知識供給他們。」

現在反對者的錯誤，即在於以兒童讀物中的神話為事實與知識，又以為兒童聽了就要終身迷信，便是科學知識也無可挽救。其實神話只能滋養兒童的空想與趣味，不能當作事實，滿足知識的要求。這個要求，當由科學去滿足他，但也不能因此而遂打消空想。知識上貓狗是哺乳類食肉動物，空想上卻不妨仍是會說話的四足朋友；有些科學家兼做大詩人，即是證據。

缺乏空想的人們以神話為事實，沒有科學知識的便積極的信仰，有科學知識的則消極的趨於攻擊，都是錯了。迷信之所以有害者，以其被信為真實；倘若知是虛假，則在迷信之中也可以發見許多的美，因為我們以為美的不必一定要是真實。神話原是假的，他決不能妨害科學的知識的發達，也不勞科學的攻擊，——反正這不過證明其虛假，正如笑話裡證明鬍子是有鬍鬚的一般，於其原來價值別無增減。我承認，用神話是教兒童讀誑話，但這決無害處，只要大家勿誤認讀神話之目的為求知識與教訓。

有些人以為神話是妖人所造，用以宣傳迷信，去蠱惑人的。這個說法完全是不的確。神話的發生，普通在神話學上都有說明，但我覺得德國翁特（Wundt）教授在《民族心理學》裡說的很得要領。我們平常把神話包括神話傳說童話三種，彷彿以為這三者發生的順序就是如此的，其實卻並不然。

童話（廣義的）起的最早，在「圖騰」時代，人民相信靈魂和魔怪，便據了空想傳述他們的行事，或藉以說明某種的現象；這種童話有幾樣特點，其一是沒有一定的時地和人名，其二是多有魔術，講動物的事情，大抵與後世存留的童話相同，所不同者只是那些童話在圖騰社會中為群眾所信罷了。

其次的是翁特所說的英雄與神的時代，這才是傳說以及神話（狹義的）發生的時候。童話的主人公多是異物，傳說的主人公是英雄，乃是人；異物都有魔力，英雄雖亦常有魔術與法寶的輔助，但仍具人類的屬性，多憑了自力成就他的事業。童話中也有人，但大率處於被動的地位，現在則有獨立的人格，公然與異物對抗，足以表見民族思想的變遷。

英雄是理想的人，神即是理想的英雄；先以人與異物對立，復折衷而成為神的觀念，於是神話就同時興起了。不過神既是不死不變的東西，便沒有什麼興衰事蹟可記，所以純粹的狹義的神話幾乎是不能有的，一般所稱的神話其實多是傳說的變體，還是以英雄為主的故事。這兩種發生的關係很是密切，指出一定的人物時地也都相同，與童話的渺茫殊異。

上邊的話固然「語焉不詳」，但大約可以知道神話發生的情形，其非出於邪教之宣傳作用也可明白了。在發生的當時大抵是為大家所信的，到了後來，已經失卻信用，於是轉移過來，歸入文藝裡供我們的賞鑒。即使真是含有作用的妖言，如方士騙秦漢皇帝的話，我們現在既不復信以為真，也正不妨拿來作故事看。我們不能容許神話作家（Mythopoios）再編造當作事實的神話，去宣傳同善社的教旨，但是編造假的神話，不但可以做而且值得稱讚的，因為這神話作家在現代就成了詩人了。

（十三年二月）

（續）神話的辯護

在《文學》第一百十三期上見到鄭西諦先生的希臘神話的介紹，使我非常喜歡。神話在中國不曾經過好好的介紹與研究，卻已落得許多人的誹謗，以為一切迷信都是他造成的。其實決不如此。神話是原始人的文學，原始人的哲學，——原始人的科學，原始人的宗教傳說，但這是人民信仰的表現，並不是造成信仰的原因。

說神話會養成迷信，那是倒果為因的話，一點都沒有理由。我們研究神話，可以從好幾方面著眼，但在大多數覺得最有趣味的當然是文學的方面，這不但因為文藝美術多以神話為材料，實在還因為他自身正是極好的文學。「希臘的神話具有永久不磨的美麗與趣味」，與一切希臘的創作相同，愛好文學的人所不可輕輕錯過的。

鄭先生所介紹的是阿波羅追趕達芬（原文云 Daphne，應譯作達夫納）的故事，大抵根據美國該萊的《古典神話》。對於這個本文我別無什麼意見，但見篇末的說明覺得有點不很妥當。鄭先生說：

「這故事是敘寫太陽對於露點的現象。阿波羅是日神，達芬是露水之神。太陽為露點的美麗所惑，欲迫近她；露點懼怕她的熱烈的愛人，逃遁了。當太陽的熱息接觸著她的時候，她消滅了，僅留一綠點在消去的那個地方。希臘的神話大部分都具有如此的解釋自然現象的意義的。」

希臘神話裡的確有些解釋自然現象的，但這達夫納化樹的故事卻並不是，更不是「太陽神話」。德國繆勒（Max Müller）教授在十九世紀中間，創為言語學派的神話解釋法，將神話中的人名一一推原梵文，強求意義，而悉歸諸天象，遂如曼哈耳德所說「到處看出太陽來」。

他在《比較神話學》及《宗教學》中解釋達夫納的故事云，「達夫納即梵文的亞哈那，意云曙光。東方先見曙光，朝日後起如正在追他的新婦；其後為烈日之光所觸，曙光漸散，終乃死在她的母親即大地的膝上。」

言語學派的旁支有氣象學解釋法，則到處看出雷神，而以達夫納為閃電。鄭先生所據大約是此派的學說。但據斯賓思（Spence）的《神話學概論》上說，「這派在現今已不見信任，可以說是沒有一個信徒！」因為自從經了曼哈耳德和安特路闌（Andrew Lang）等人攻擊，言語學派的自然現象說已生破綻，人類學派代之而興，至於今日。

關於達夫納的問題，闌氏在他的大著《神話儀式與宗教》中解答說，「這種講變形的神話是野蠻人空想的產物，因為沒有人與物不同的觀念，所以發生這些故事。」換一句話，便是說，這是根據於靈魂信仰之事物起原的神話。古希臘稱香桂樹云達夫納，用於阿波羅崇拜，古人不知此樹何以與阿波羅有緣，於是便假想達夫納是他的情人，因為避他的追求，化而為樹，道理很是簡明，正如說許亞庚多斯死而化為風信子同一意思。

人類學派並不廢語源的研究，但不把一切神人看作自然現象，卻從古今原始文明的事實中搜集類例，根據禮俗思想說明神話的意義，即使未能盡善，大致卻已可以滿意了。

中國神話研究剛在開始，關於解釋意義一層不可不略加注意，不要走進言語學派的迷途裡去才好。

（十三年四月）

神話的典故

有幾種出版物，都用神話的典故做題目，很是別致，想把它議論一番。這些出版物是（1）《彌灑》，（2）《維納絲報》，（3）《獅吼》。

《彌灑》創刊於一九二三年三月，卷頭聲明是「無目的無藝術觀不討論不批評而只發表順靈感所創造的文藝作品的月刊」。表紙題作Musai，第一期宣言《彌灑臨凡曲》裡說，「我們乃是藝文之神」，附注又聲明「Musai即英字Muses」，意思很是明瞭。

彌灑普通雖為司文藝的神女，這裡用的沒有什麼不對；若是嚴格的講來，九個神女裡包含司歷史天文學（這些學問最初當然是與文藝相混）的人，所以彌灑所掌管的實在是學藝，彌灑祠（Mouseion）便成了藝術學問的學校，後來變做所謂博物館。（Museum 即上文的拉丁寫法。）近來德國派古典學者改正希臘譯音的拼法，彌灑一字應當照例改為「母灑」（Mousai）才好。因為羅馬字的U現在是代表希臘語中「魚韻」的字了。

《維納絲報》聽說是張寥子君主筆，在本年十月十八日出版。第一號上有一篇記者的「發話」，說明「為什麼名叫維納絲」，最重要的一節云：「羅馬神話上說，Venus 是司美與愛之神，我們把 Venus 譯音寫作維納絲，就作為報的名字，並沒有什麼神秘的意味，不過表示尊重美術，使人們得到喜悅，健康，美與愛，種種可寶貴的珍物，以期人類生活之美化。」——「不過……」以下原本用大號字排印。

查神話學維納絲的確是愛與美的女神，但是，這愛乃是兩性的愛，美亦是引起愛情的美（德國斯妥丁教授著《希臘羅馬神話》）。自從大神死後，基督教把舊神招安的招安，貶斥的貶斥，維納絲就變成了摩登伽似的「淫女」，中古的「維納絲山」（Venusberg）的故事即是最好的證據，（訶華德著《性的崇拜》）在人身上也有同樣的名稱。

手相學裡的維納絲山係是拇指根的隆起，還沒有什麼，其他的一個拉丁文的「維納絲山」卻是道學先生所不道的字了。色欲稱作「維納絲事」，花柳病也叫做「維納絲的病」，這位司美與愛的女神的名譽真是掃地盡了。

即使我們不管西歐這些傳統的說話，替她恢復昔日的光榮，她也與「提倡美術促進文化」無緣，不能做張寥子君這報的商標——倘若要用這個名稱，那麼這須是主張完全而善美的性的生活的報才行，不然也須是一種普通的「花報」，這才名符其實。現在這卻似乎是「菊報」，那麼「維納絲報」的名稱的確定的有點牛頭不對馬嘴了。

羅馬的維納絲本來是春之女神，後來與希臘的亞孚羅迭台（Aphrodite）混合，於是有了司美與愛的職分，其實講到戀愛的神還應以亞孚羅迭台為本尊，不過西歐文人以前都間接的從羅馬文學得到她的故事，所以相沿稱它作「維奴斯」，雖然嚴格的說不很妥當，但還簡短可取，至於英法國民讀成維納思或維女等音，那正如把鄭州的羅馬字拼音讀為「欠巧」，真是不足為法了。

《獅吼》是一種半月刊，第一期在本年七月發行，廣告上標名曰 The Sphinx（斯芬克思）。本來獅吼的典故據我所知道的只有兩個，一是中國的河東獅吼，一是佛教裡的獅子吼。現在用作雜誌的名稱我想一定用的是佛的典故了，見到標名才知是希臘神話裡的那個女怪，不免有點出於意料之外。

查埃及的斯芬克思（這七個字有點不詞，因為不懂它在埃及叫作什麼，所以只好隨俗稱呼）雖是人首獅身，希臘的卻是獅身有翼而頭和胸乳都是女人的，如酒杯上所畫，所以不能就稱她為獅，而且她更不會吼（至少在傳說裡不曾說她吼過）。她最初名叫菲克思，是一種地下的女怪，同女鳥一樣要捉人去吃或是弄死，名字由芬克思而轉為有意義的斯芬克思，此云「扼死人的」。

但是地下的妖怪大抵有先知的能力，所以她又是個豫言者。人們把這兩者合在一起，便造成那通行的傳說（哈利孫女士著《希臘宗教研究導言》）：她叫過路的人猜謎，猜不著的便被弄死；她的謎是「早晨用四隻腳，中午兩隻腳，傍晚三隻腳走的是什麼」？圖中那少女似的斯芬克思口中正說出 Kai tri（而三……），猜謎的腫足王（此處特別寫作 Oidipodes）坐著思索。後來他猜著了，這是說「人」，於是斯芬克思輸了投岩而死。

還有別的瓶畫，畫著有人拿著鴿子去問斯芬克思，那是她是在「星士」似的給人家解謎了。所以斯芬克思的本領，除了悲劇中所說「吃生肉」以外，是重在給人猜謎或解謎，後人因此拿她來當作科學的象徵，正如吉邁拉（Khimaira）是文藝的一樣，——總之不聽見說她是善於吼。但是《獅吼》卻把它當作標題，而且第三期中還有一篇文章曰「Sphinx的呼聲」，似乎有點費解。——只可惜我終於沒有見到這個雜誌，不知道關於呼聲是怎樣的說明，現在不能批評，因為在半個月前寄信往上海去買，至今不曾寄到，這也是江浙「義戰」所給予我們的小好處了。……

十三年九月七日。

舍倫的故事

舍倫（Seiren）平常多照拉丁文寫作 Siren，在希臘神話上是一種人首鳥身的女怪，在海邊岩上唱歌，使航海者惑亂溺死。最有名的故事是在希臘史詩《阿迭舍亞》（Odusseia）裡，第十二卷中神女吉耳該（Kirke 拉丁作 Circe）預告阿迭修思航海的危難說：

「第一你當遇著舍倫，她們蠱惑一切遇見的人們。倘若有人疏忽的駛近她們，聽了舍倫的歌聲，將不復能回家見他的妻兒，他們也不得見他的歸來。舍倫蠱惑了他，用了她們清澈的歌聲，蹲在草野中間，周圍是死人白骨的堆，骨旁有皮正在朽腐。

你當駛舟過去，揉蜜甜的蠟，塞夥伴的耳朵，不使聽見歌聲；但你如想聽，可叫他們把你拴在桅上，用繩縛緊，你便可愉快的聽舍倫的歌。倘若你求夥伴解你的縛，讓他們更多縛幾道在你身上。」

「我們的船（以下是阿迭修思自述）不久將到舍倫二人的島，因為有一陣和風送她走路。忽然這風止住了，於是成為無風的沉靜，有神使波浪沉睡了。……船近陸地，呼聲可聞的時候，我們急速奔逃，舍倫們已看見了前來的船，她們便唱起清澈的歌來。

『來，有名的阿迭修思，來，你希臘的光榮，來這裡泊船，聽我們兩人的歌聲。凡乘了黑船來到這裡的人，沒有一個不從我們口裡聽了蜜似的甜美的聲音，享受歡樂，多得智慧而去。因為我們知道一切，一切因了神意在忒羅亞所產生的苦痛，我們知道豐熟的大地上當來的事情。』

她們用美音這樣的說，我心裡想聽，命夥伴解我的縛，我皺著眉頭點頭示意，他們卻竭力扳槳，駛向前去。……」

這樣，他們逃過了這個危難，據後代陶器畫上所繪，一個舍倫因為失敗了便投海而死。有人說她們是水神亞該洛阿思（Achelous）和文藝女神美音

（Kalliope）的女兒，本來也是神女，後來地母（Demeter據新說應解作穀母）因為她們不肯替她找尋被冥王劫去的女兒，把她們化作鳥身；又一說她們哀悼地母的女兒，禱天生長翅膀，可以去到處找她。

這是關於舍倫的普通的傳說，但是她的來源是怎樣的呢，我們可以略加探討。據哈利孫女士（J．Harrison）的研究，根據古代美術及宗教思想查考下去，舍倫與斯芬克思（Sphinx）等相同原是一種妖怪（Ker）。最初只是死人的魂靈，想像為人首鳥身，但是神人同形的傾向漸占勢力，魂靈亦化成人形，只剩下一副翅膀指示出舊時的痕跡，鳥身的女人遂變成死之凶鬼，攝魂催命的使者，即是舍倫了。

本來這類地下的妖怪都有攫取生人及能先知這些特色，肉攫鬼女（Hárpuia英文普通作Harpy）很是明瞭不必說了，斯芬克思雖重在先知，也是「食生肉者」，舍倫也攫人，但用著蠱惑罷了。「荷馬」把她們的蠱惑之力移在智慧之餌上面，並不專在感覺，這也是詩人的修改，實際不盡如此。石刻殘片繪有鄉人午睡，一個鳥足有翼的女子跨坐身上，使他見諸妖夢，這才是舍倫的本相。

史詩上說航海者在「無風的沉靜」中遇著舍倫，是極好的旁證，在希臘那樣地方，日中的太陽是很可畏的，午睡多有危險，不但是放蕩的妖夢，或者更起日射病，這便都是舍倫的惡作劇了。所以她們實在是災害死滅的主者，多用色情的誘惑，史詩中卻把她更美化了，又把她移到海島上去，後世說她們是水神與文藝女神所生，即從這裡演化出來的。

歐列比台思（Euripides）在悲劇《海倫那》（Helene）裡說海倫那在悲苦中呼舍倫們，稱之曰「有翼的女郎們，處女們，地的女兒們！」可見她的本原是地下的妖怪，魂靈的變相了。

但是舍倫與海的關係自此很是密切，希臘六世紀後傳說云，「舍倫是海女，用了她們的美色與豔歌誘惑航海者；從頭至臍是人形，狀如少女，但以下是魚尾有鱗。」已將她們與人魚相混，聞現今希臘鄉民還是這樣相信。

舍倫是可怕的怪物，古人多刻畫怪物的形象用作鎮邪的禁厭品，灶門上范為「泰山石敢當」似的戈耳共（Gorgon）的惡臉，墳頭則列舍倫或斯芬克思，以辟除邪鬼；後人因墳墓與唱歌之聯想，漸將舍倫當作唱挽歌的哭女，有些墓碑上刻著她們擿發哭吟之狀，於是她們的色情與危險的分子全都失去了，羅馬詩人說舍倫因為哀悼地母的女兒之被劫化為鳥身，大約即從這裡發生出來的傳說。在現代西歐，舍倫一字借用指蠱惑的女人，這是她的最新的生命了。

本篇材料，除各神話集外，以哈利孫女士的《希臘宗教研究導言》及洛孫的《現代希臘民俗與古宗教》為主。

十三年九月二十八日。

科學小說

科學進到中國的兒童界裡，不曾建設起「兒童學」來，只見在那裡開始攻擊童話，——可憐中國兒童固然也還夠不上說有好童話聽。在「兒童學」開山的美國誠然也有人反對，如勃朗（Brown）之流，以為聽了童話未必能造飛機或機關槍，所以即使讓步說兒童要聽故事，也只許讀「科學小說」。這條符命，在中國正在「急急如律令」的奉行。但是我對於「科學小說」總很懷疑，要替童話辯護。不過教育家的老生常談也無重引的必要，現在別舉一兩個名人的話替我表示意見。

以性的心理與善種學研究著名的醫學博士藹理斯在《凱沙諾伐論》中說及

童話在兒童生活上之必要，因為這是他們精神上的最自然的食物。倘若不供給他，這個缺損永遠無物能夠彌補，正如使小孩單吃澱粉質的東西，生理上所受的餓不是後來給予乳汁所能補救的一樣。吸收童話的力不久消失，除非小孩有異常強盛的創造想像力，這方面精神的生長大抵是永久的停頓了。

在他的《社會衛生的事業》（據序上所說這社會衛生實在是社會改革的意思，並非普通的衛生事項）第七章裡也說，「聽不到童話的小孩自己來造作童話，——因為他在精神的生長上必需這些東西，正如在身體的生長上必需糖一樣，——但是他大抵造的很壞。」據所引醫學雜誌的實例，有一位夫人立志用真實教訓兒童，廢止童話，後來卻見小孩們造作了許多可駭的故事，結果還是拿「殺巨人的甲克」來給他們消遣。

他又說少年必將反對兒時的故事，正如他反對兒時的代乳粉，所以將來要使他相信的東西以不加在裡邊為宜。這句話說的很有意思，不但荒唐的童話因此不會有什麼害處，而且正經的科學小說因此也就不大有什麼用處了。

阿那多爾法蘭西（Anatole France）是一個文人，但他老先生在法國學院裡被人稱為無神論者無政府主義者，所以他的論童話未必會有擁護迷信的嫌疑。

《我的朋友的書》是他早年的傑作，第二編「蘇珊之卷」裡有一篇《與D夫人書》，發表他的許多聰明公正的意見：

「那位路易菲該先生是個好人，但他一想到法國的少年少女還會在那裡讀《驢皮》，他平常的鎮靜便完全失掉了。他做了一篇序，勸告父母須得從兒童手裡把貝洛爾的故事奪下，給他們看他友人菲古斯博士的著作。

『瓊英姑娘，請把這書合起了罷。不要再管那使你喜歡得流淚的天青的鳥兒了，請你快點去學了那乙太麻醉法罷。你已經七歲了，還一點都不懂得一酸化窒素的麻醉力咧！』

「路易菲該先生發見了仙女都是空想的產物，所以他不准把這些故事講給他們聽。他給他們講海鳥糞肥料：在這裡邊是沒有什麼空想的，——但是，博士先生，正因為仙女是空想的，所以他們存在。他們存在在那些素樸新鮮的空想之中，自然形成為不老的詩——民眾傳統的詩的空想之中。

「最瑣屑的小書，倘若它引起一個詩的思想，暗示一個美的感情，總之倘若它觸動人的心，那在小孩少年就要比你們的講機械的所有的書更有無限的價值。

「我們必須有給小孩看的故事，給大孩看的故事，使我們笑，使我們哭，使我們置身於幻惑之世界裡的故事。」

這樣的抄下去，實在將漫無限制，非至全篇抄完不止；我也很想全抄，倘若不是因為見到自己譯文的拙劣而停住了。但是我還忍不住再要抄他一節：

「請不要怕他們（童話的作者）將那些關於妖怪和仙女的廢話充滿了小孩的心，會把他教壞了。小孩著實知道這些美的形象不是這世界裡所有的。有害的倒還是你們的通俗科學，給他那些不易矯正的謬誤的印象。深信不疑的小孩一聽威奴先生這樣說，便真相信人能夠裝在一個炮彈內放到月亮上面去，及一個物體能夠輕易地反抗重力的定則。

「古老尊嚴的天文學之這樣的滑稽擬作，既沒有真，也沒有美，是一無足取。」

照上邊說來，科學小說總是弄不好的：當作小說與「殺巨人的甲克」一樣的講給小孩聽呢，將來反正同甲克一樣的被拋棄，無補於他的天文學的知識。當作科學與海鳥糞一樣的講呢，無奈做成故事，不能完全沒有空想，結果還是裝在炮彈裡放到月亮上去，不再能保存學術的真實了。即如法闌瑪利唵（Flamarion）的《世界如何終局》當然是一部好的科學小說，比焦爾士威奴

（Jules Verne 根據梁任公先生的舊譯）或者要好一點了，但我見第二篇一章裡有這樣的幾句話：

「街上沒有雨水，也沒有泥水：因為雨一下，天空中就佈滿了一種玻璃的雨傘，所以沒有各自拿傘的必要。」

這與童話裡的法寶似乎沒有什麼差別，只是更笨相一點罷了。這種玻璃雨傘或者自有做法，在我輩不懂科學的人卻實在看了茫然，只覺得同金箍棒一樣的古怪。如其說只是漠然的願望，那麼千里眼之於望遠鏡，順風耳之於電話等，這類事情童話中也「古已有之」了。科學小說做得好的，其結果還是一篇童話，這才令人有閱讀的興致，所不同者，其中偶有拋物線等的講義須急忙翻過去，不像童話的行行都讀而已。

有些人借了小說寫他的「烏托邦」的理想，那是別一類，不算在科學小說之內。又上文所說係兒童文學範圍內的問題，若是給平常人看，科學小說的價值又當別論，不是我今日所要說的了。

十三年九月一日。

讀紡輪的故事

孟代（Catulle Mendès）是法國高蹈派的一個詩人。據湯謨孫說，「他有長的金髮，黃鬍鬚，好像一個少年猶太博士。他有青春與美與奇才。……他寫珍異的詩，恍忽的，逸樂的，昏囈地惡的，——因為在他那裡有著元始的罪的斑痕。

他用了從朗賽爾集裡採來的異調古韻做詩，他寫交錯葉韻的薩福式的歌，他預示今日詩人的曖昧而且異教的神秘主義。他歌親嘴，與乳，——總是親嘴，正如人可以不吃食而盡讀食單。」頹廢派大師波特來耳見他說道，「我愛這個少年，——他有著所有的缺點。」聖白甫且驚且喜，批評他道，「蜜與毒。」

這樣的就是《紡輪的故事》的著者。——有許多字面，在法里賽人覺得是很壞的貶辭，在現代思想上有時正是相反，所以就上文看來可以想到孟代是近來的一個很有意思的詩人了。《紡輪的故事》雖然不是他的代表著作，卻也很有他的特色。我們看到孟代的這部書，不禁聯想起王爾德的那兩卷童話。我們雖然也愛好《石榴之家》，但覺得還不及這冊書的有趣味，因為王爾德在那裡有時還要野狐禪的說法，孟代卻是老實的說他的撒但的格言。

這種例頗多，我所最喜歡的是那《兩枝雛菊》。他寫冷德萊的享樂生活道，「的確，他生活的目的是在找一個嘗遍人生的趣味的方法。他看見什麼要，他要什麼便有。每日，每時，雛菊失卻一片花瓣；那和風沒有時間去吹拂玫瑰的枝兒，他所有的功夫都用在飄散仙子送與冷德萊的花瓣上去了。」

這是對於生之快樂的怎樣熱烈的尋求，正如王爾德的「把靈魂底真珠投進酒杯中，在笛音裡踏著蓮馨花的花徑」一樣，不過王爾德童話裡不曾表出；兩者的文章都很美妙，但孟代的教訓更是老實，不是為兒童而是「為青年男女」（Viginibus Puerisque）的，這是他的所以別有趣味的地方。

孟代當初與玩蜥蜴念漢文的戈諦亞結婚，不久分離了，以後便是他的無窮的戀愛的冒險。他「也許將花瓣擲得太快了」，毫不經心地將他的青春耗廢，原是不足為訓的，但是，比較「完全不曾有過青春期的回想」，他的生活卻是好的多了。

本來生活之藝術並不在禁欲也不在耽溺，在於二者之互相支拄，欲取復拒，欲拒復取，造成旋律的人生，決不以一直線的進行為貴。耽溺是生活的基本，不是可以蔑視的，只是需要一種節制；這便是禁欲主義的用處，唯其功用在於因此而能得到更完全的滿足，離開了這個目的他自身就別無價值。

在蒲萄熟的時候，我們應該拿蒲萄來吃，只不可吃的太多至於噁心，我們有時停止，使得下次吃時更為──或者至少也同樣的甘美。但是在蒲萄時節，不必強要禁戒，留到後日吃乾蒲萄，那是很了然的了。

我怕敢提倡孟代的主張，因為中國有人把雛菊珍藏成灰，或者整朵的踏碎，卻絕少知道一片片的利用花瓣的人，所以不容易得人的歡迎，然而因此也就沒有什麼危險。孟代的甜味裡或是確有點毒性，不過於現代的青年不會發生什麼效果，因為傳統的抗毒質已經太深了，雖然我是還希望這毒能有一點反應。

十二年十二月。

讀《欲海回狂》

我讀《欲海回狂》的歷史真是說來話長。第一次見這本書是在民國元年，在浙江教育司裡范古農先生的案頭。我坐在范先生的背後，雖然每日望見寫著許多墨筆題詞的部面，卻總不曾起什麼好奇心，想借來一看。

第二次是三年前的春天，在西城的醫院裡養病，因為與經典流通處相距不遠，便買了些小乘經和雜書來消遣，其中一本是那《欲海回狂》。

第三次的因緣是最奇了。去年甘肅楊漢公因高張結婚事件大肆攻擊，其中說及某公寄《欲海回狂》與高君，令其懺悔。我想到那些謬人的思想根據或者便在這本善書內，所以想拿出來檢查一番，但因別的事情終於擱下了，直到現在才能做到，不過對於前回事件已經沒有什麼興趣，所以只是略說我的感想罷了。

我常想，做戒淫書的人與做淫書的人都多少有點色情狂。這句話當然要為信奉「《安士全書》的人生觀」的人們所罵，其實卻是真的。即如書中「總勸」一節裡的四六文云，「遇驕姿於道左，目注千番；逢麗色於閨簾，腸回百轉」，就是豔詞，可以放進《遊仙窟》裡去。

平心而論，周安士居士的這部書總可以算是戒淫書中之「白眉」，因為他能夠說的徹底。卷一中云「芙蓉白面，須知帶肉骷髏；美貌紅妝，不過蒙衣漏廁」，即是他的中心要義，雖然這並非他的新發見，但根據這個來說戒淫總是他的創見了。所以三卷書中最精粹的是中卷「受持篇」裡「經要門」以下的幾章，而尤以「不淨觀」一章為最要。我讀了最感趣味的，也便是這一部分。

我要乾脆的聲明，我是極反對「不淨觀」的。為什麼現在卻對於它這樣的感著趣味呢？這便因為我覺得「不淨觀」是古代的性教育。雖然他所走的是倒路，但到底是一種性教育，與儒教之密藏與嚴禁的辦法不同。

下卷「決疑論」中云，「男女之道，人之大欲存焉。欲火動時，勃然難遏，縱刀鋸在前，鼎鑊隨後，猶圖徼幸於萬一，若獨藉往聖微詞，令彼一片淫心冰消雪解，此萬萬不可得之數也。且夫理之可以勸導世人助揚王化者，莫如因果之說矣；獨至淫心乍發，雖目擊現在因果，終不能斷其愛根，唯有不淨二字可以絕之，所謂禁得十分不如淡得一分也。論戒淫者，斷以不淨觀為宗矣。」很能明白的說出它的性質。

印度人的思想似乎處處要比中國空靈奇特，所以能在科學不發達的時代發明一種特殊的性教育，想從根本上除掉愛欲，雖然今日看來原是倒行逆施，但是總值得佩服的了。

現在的性教育的正宗卻是「淨觀」，正是「不淨觀」的反面。我們真不懂為什麼一個人要把自己看做一袋糞，把自己的汗唾精血看的很是污穢？倘若真是這樣想，實在應當用一把淨火將自身焚化了才對。

既然要生存在世間，對於這個肉體當然不能不先是認，此外關於這肉體的現象與需要自然也就不能有什麼拒絕。周安士知道人之大欲不是聖賢教訓或因果勸戒所能防止，於是想用「不淨觀」來抵禦它；「不淨觀」雖以生理為本，但是太撓曲了，幾乎與事實相背，其結果亦只成為一種教訓，務阻塞而非疏通：凡是人欲，如不事疏通而妄去阻塞，終於是不行的。

淨觀的性教育則是認人生，是認生之一切欲求，使人關於兩性的事實有正確的知識，再加以高尚的趣味之修養，庶幾可以有效。但這疏導的正路只能為順遂的人生作一種預備，仍不能使人厭棄愛欲，因為這是人生不可能的事。

《欲海回狂》——佛教的「不淨觀」的通俗教科書①——在有常識的人看了是很有趣味的書，但當作勸世的書卻是有害的。像楊漢公輩可以不必論矣，即是平常的青年，倘若受了這種禁欲思想的影響，於他的生活上難免種下不好的因，因為性的不淨思想是兩性關係的最大的敵，而「不淨觀」實為這種思想的基本。儒教輕蔑女子，還只是根據經驗，佛教則根據生理而加以宗教的解釋，更為無理，與道教之以女子為鼎器相比其流弊不相上下。

我想尊重出家的和尚，但是見了主張「有生即是錯誤」而貪戀名利，標榜良知而肆意胡說的居士儒者，不禁發生不快之感，對於他們的聖典也不免懷有反感，這或者是我之所以不能公平的評估這本善書的原因罷。

十三年二月。

注釋

①佛教本來只是婆羅門教的改良，這種不淨觀大約也是從外道取來，如薩克諦宗徒的觀念女根瑜尼，似即可轉變為《禪秘要經》中的諸法。不過這單是外行人的一種推測，順便說及罷了。（一九二四年二月十六日刊《晨報副鐫》，署名槐壽）

讀《京華碧血錄》

《京華碧血錄》是我所見林琴南先生最新刊的小說。我久不讀林先生的古文譯本，他的所有「創作」卻都見過。這本書序上寫的是「壬子長至」，但出版在於十二年後，我看見時又在出版後兩三個月了。

書中寫邴生劉女的因緣，不脫才子佳人的舊套。梅兒是一個三從四德的木偶人，倒也算了，邴仲光文武全才，亦儒亦俠，乃是文素臣鐵公子一流人物，看了更覺得有點難過。不過我在這裡並不想來攻擊這書的缺點，因為林先生的著作本是舊派，這些缺點可以說是當然的；現在我所要說的是此書中的好處。

《碧血錄》全書五十二章，我所覺得好的是第十九至第廿四這五章記述庚子拳匪在京城殺人的文章。我向來是神經衰弱的，怕聽那些兇殘的故事，但有時卻又病理地想去打聽，找些戰亂的紀載來看。最初見到的是「明季稗史」裡的《揚州十日記》，其次是李小池的《思痛記》，使我知道清初及洪楊時情形的一斑。《寄園寄所寄》中故事大抵都已忘卻，唯張勳戰敗的那年秋天，伏處寓中，借《知不足齋叢書》消遣，見到《曲洧舊聞》（？）裡一條因子巷緣起的傳說，還是記得，正如安特來夫的《小人物的自白》裡的惡夢，使人長久不得寧貼。

關於拳匪的事我也極想知道一點，可惜不易找到，只有在闌陀的《在北京的聯軍》兩卷中看見一部分，但中國的記載終於沒有，《驢背集》等書記的太略，沒有什麼用處。專門研究庚子史實的人當然有些材料，我只是隨便看看，所以見聞如此淺陋。

林先生在這寥寥十五頁裡記了好些義和拳的軼事，頗能寫出他們的愚蠢與兇殘來。外國人的所見自然偏重自己的一方面，中國人又多「家醜不可外揚」的意思，不大願意記自相殘殺的情形，林先生的思想雖然舊，在這一點上卻很明白，他知道拳匪的兩樣壞處，所以他寫的雖然簡略，卻能抉出這次國民運動的真相來了。

以上是兩個月前所寫，到了現在，又找了出來，想續寫下去，時勢卻已大變，再要批評拳匪似乎不免有點不穩便，因為他們的義民的稱號不久將由國民給他恢復了。本來在現今的世界排外不能算是什麼惡德，「以直報怨」我覺得原是可以的，不過就是盜亦有道，所以排外也自有正當的方法。

像凱末爾的擊破外敵改組政府的辦法即是好例，中國人如圖自衛，提倡軍國主義，預備練成義勇的軍隊與外國抵抗，我雖不代為鼓吹，卻也還可以贊同，因為這還不失為一種辦法。

至如拳匪那樣，想借符咒的力量滅盡洋人，一面對於本國人大加殘殺，終是匪的行為，夠不上排外的資格。

記心不好的中國人忘了他們殘民以逞的事情，只同情於「扶清滅洋」的旗號，於是把他們的名譽逐漸提高，不久恐要在太平天國之上。

現在的青年正不妨「臥薪嚐膽」地修煉武功，練習機關槍準備對打，發明「死光」準備對照，似大可不必回首去尋大師兄的法寶。

我不相信中國會起第二次的義和拳，如帝國主義的狂徒所說；但我覺得精神上的義和拳是可以有的，如沒有具體的辦法，只在紙上寫些「殺妖殺妖」或「趕走直腳鬼」等語聊以快意，即是「口中念念有詞」的變相；又對於異己者加以許多「洋狗洋奴」的稱號，痛加罵詈，即是搜殺二毛子的老法子，他的結果是於「夷人」並無重大的損害，只落得一場騷擾，使這奄奄一息的中國的元氣更加損傷。

我不承認若何重大的賠款足以阻止國民正當的自衛抵抗心之發達，但是愚蠢與兇殘之一時的橫行乃是最酷烈的果報，其貽害於後世者比敵國的任何種懲創尤為重大。我之反對拳匪以此，贊成六年前陳獨秀先生的反對拆毀克林德碑與林琴南先生的《碧血錄》裡的意見者亦以此，——現在陳林二先生的態度，不知有無變化，我則還是如此。

雖然時常有青年說我的意見太是偏激，我自己卻覺得很有頑固的傾向，似乎對於林琴南辜湯生諸先生的意思比對於現代青年的還理解得多一點，這足以表明我們的思想已是所謂屬於過去的了。

但是我又有時覺得現代青年們似乎比我們更多有傳統的精神，更是完全的中國人，到底不知道是怎麼一回事。上邊所說的話，我仔細看過，彷彿比他們舊，然而彷彿也比他們新，——其實這正是難怪，因為在這一點上陳獨秀林琴南兩先生恰巧是同意也。甲子四月下旬。

兩條腿序

《兩條腿》是一篇童話。文學的童話到了丹麥的安徒生（Hans Christian Andersen）已達絕頂，再沒有人能夠及他，因為他是個永遠的孩子，他用詩人的筆來寫兒童的思想，所以他的作品是文藝的創作，卻又是真的童話。愛華耳特（Carl Ewald）雖然是他的同鄉，要想同他老人家爭這個坐位，當然是不大有希望：天下那裡還有第二個七十歲的小孩呢？但《兩條腿》總不愧為一篇好的文學的童話，因為有它自己的特色。

自然的童話妙在不必有什麼意思，文學的童話則大抵意思多於趣味，便是安徒生有許多都是如此，不必說王爾德（Oscar Wilde）等人了。所謂意思可以分為兩種，一是智慧，一是知識。第一種重在教訓，是主觀的，自勸戒寄託以至表述人生觀都算在內，種類頗多，數量也很不少，古來文學的童話幾乎十九都屬此類。第二種便是科學故事，是客觀的，科學發達本來只是近百年來的事，要把這些枯燥的事實講成鮮甜的故事也並非容易的工作，所以這類東西非常缺少，差不多是有目無書，和上邊的正是一個反面。《兩條腿》乃是這科學童話中的一種佳作，不但是講得好，便是材料也很有戲劇的趣味與教育的價值。

《兩條腿》是講人類生活變遷的童話。文化人類學的知識在教育上的價值是不怕會估計得太多的，倘若有人問兒童應具的基本常識是些什麼，除了生理以外我就要舉出這個來。中國人的小學教育，兩極端的是在那裡講忠孝節義或是教怎樣寫借票甘結，無須多說，中間的總算說是要給予他們人生的知識了，但是天文地理的弄上好些年，結果連自己是怎麼活著的這事實也仍是不明白。

這種辦法，教育家在他們的壺盧裡賣的是什麼藥我們外行無從知道，但若以學生父兄的資格容許講一句話，則我希望小孩在高小修業的時候在國文數學等以外須得有關於人身及人類歷史的相當的常識。

不過現在的學校大抵是以職業和教訓為中心，不大有工夫來顧到這些小事，動植物學的知識多守中立，與人的生理不很相連，而人身生理教科書又都缺一章，就是到了中學人還是不泌尿的，至於人類文化史講話一類的東西更不是課程裡所有，所以這種知識只能去求之於校外的讀物了。

我現在有兩個女兒，十二年來我時時焦慮，想預備一本性教育的故事書給她們看，現今「老虎追到腳後跟」卻終於還未尋到一本好書，又沒有地方去找教師或醫生可以代擔這個啟蒙的責任（我自己覺得實在不大有父範的資格），真是很為難了。講文化變遷的書倒還有一二，如已譯出的《人與自然》就是一種有用的本子，但這是記錄的文章，適於高小的生徒，在更幼小的卻以故事為適宜。《兩條腿》可以說是這種科學童話之一。

《兩條腿》是真意義的一篇動物故事。普通的動物故事大都把獸類人格化了，不過保存他們原有的特性，所以看去很似人類社會的喜劇，不專重在表示生物界的生活現象；《兩條腿》之所以稱為動物故事卻有別的意義，便因它把主人公兩條腿先生當作一隻動物去寫，並不看他作我們自己或是我們的祖先，無意有意的加上一層自己中心的粉飾。它寫兩條腿是一個十分利己而強毅聰敏的人，講到心術或者還在猩猩表兄之下，然而智力則超過大眾，不管是好是壞這總是人類的實在情形。《兩條腿》寫人類生活，而能夠把人當作百獸之一去看，這不特合於科學的精神，也使得這件故事更有趣味。

這本科學童話《兩條腿》現在經李小峰君譯成漢文，小朋友們是應該感謝的。所據係麥妥思（A. Teixeira de Mattos）英譯本，原有插畫數幅，又有一張雨景的畫係丹麥畫家原本，覺得特別有趣，當可以稍助讀者的興致，便請李君都收到書裡去了。

十四年二月九日，於北京記。

周作人作品精選 4

雨天的書【經典新版】

作者：周作人
發行人：陳曉林
出版所：風雲時代出版股份有限公司
地址：10576台北市民生東路五段178號7樓之3
電話：(02) 2756-0949
傳真：(02) 2765-3799
執行主編：朱墨菲
美術設計：吳宗潔
行銷企劃：林安莉
業務總監：張瑋鳳

初版日期：2020年7月
ISBN：978-986-352-847-0

風雲書網：http://www.eastbooks.com.tw
官方部落格：http://eastbooks.pixnet.net/blog
Facebook：http://www.facebook.com/h7560949
E-mail：h7560949@ms15.hinet.net
劃撥帳號：12043291
戶名：風雲時代出版股份有限公司

風雲發行所：33373桃園市龜山區公西村2鄰復興街304巷96號
電話：(03) 318-1378
傳真：(03) 318-1378
法律顧問：永然法律事務所 李永然律師
北辰著作權事務所 蕭雄淋律師

行政院新聞局局版台業字第3595號 營利事業統一編號22759935

定價：240元

國家圖書館出版品預行編目資料

雨天的書 / 周作人著. -- 初版. -- 臺北市：風雲時代，2020.06 面； 公分. -- (周作人作品精選；4)

ISBN 978-986-352-847-0(平裝)

855 109005783